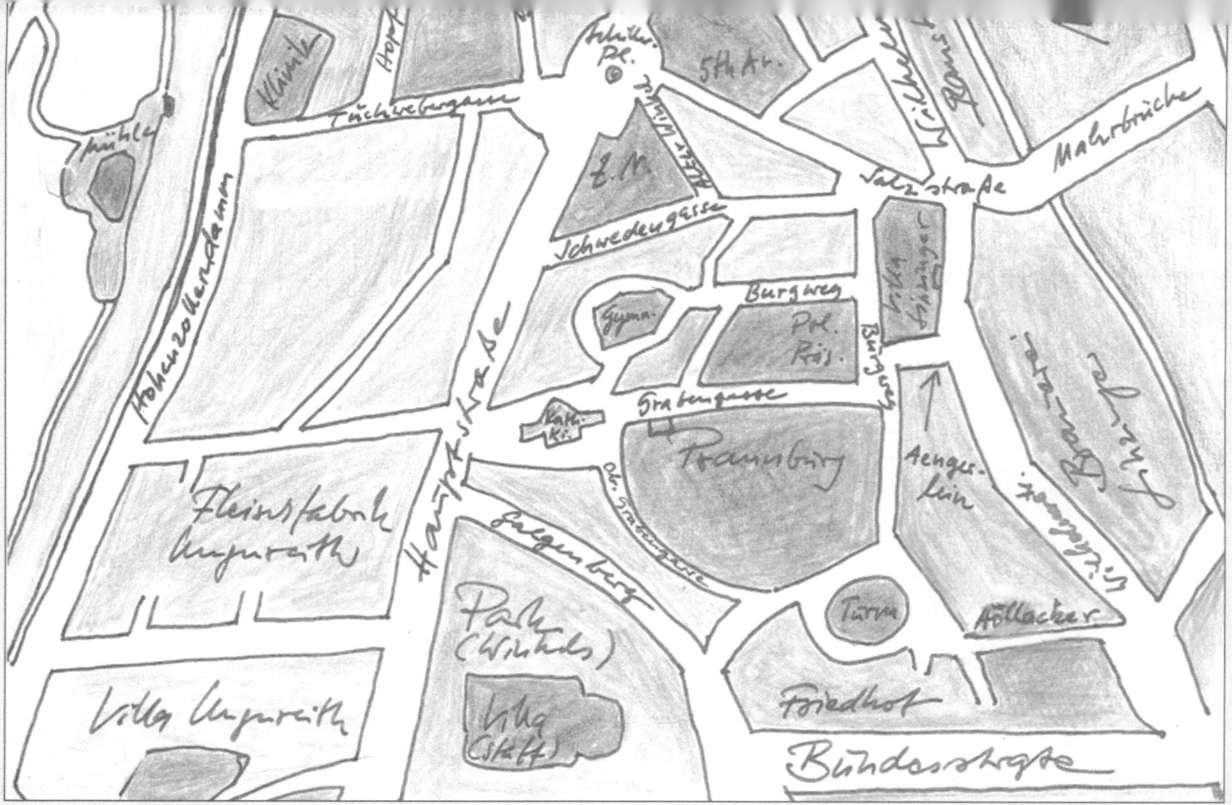

Mühle
Hohenzollerndamm
Klinik
Tuchwebergasse
Schiller-Pl.
5th Av.
Z.M.
Alter Winkel
Schwedengasse
Burgweg
Gymn.
Pol. Präs.
Grabengasse
Kath. Ki.
Hauptstraße
Salzstraße
Mahrbrücke
Villa Sinzinger
Aengerlein
Fleischfabrik Ungureith
Villa Ungureith
Galgenberg
Prannburg
Park (Wilhelms)
Villa (Stift)
Turm
Höllacker
Friedhof
Bundesstraße
Brauerei Sinzinger

Sie hatte das müde und blasse Gesicht des Arztes genau betrachtet, um herauszufinden, ob er die Wahrheit sagte. Leybundgut war offenbar nicht kräftig genug, um zu lügen. Er legte ihr die Hand auf den Arm und sagte: »Ich bin immer erreichbar. Die Praxisnummer ist durchgeschaltet auf mein Handy. Wenn ihr mich braucht: sofort anrufen, ja?«
Sie nickte.
Als die Nachtschwester sie vorsichtig an der Schulter berührte, schrak sie auf. Es war fünf Uhr.
»Sie wollen sicher hier bei ihm bleiben«, sagte die Schwester leise, »dann legen Sie sich doch drüben ins zweite Bett. Ist ja frei, und wenn wir einen Patienten kriegen sollten, muß ich Sie halt rausschmeißen. Im Stuhl ist das doch nichts. Gehn's, legen's Ihnen hin.«
Martina Matt legte sich in das zweite Bett des Krankenzimmers. Links von ihr stand das Bett von Swoboda. Rechts ein freies Bett.
Sie war im Halbschlaf, als sie Swobodas Stimme hörte: »Er hat mich …«
Er verstummte. Martina horchte auf seine Atemzüge, und als sie so klangen, wie sie ihr vertraut waren, schlief sie ein. Später bewegte seine rechte Hand sich suchend über das Laken am Rand der Matratze.
Östlich der Stadt bezog das erste diffuse Licht den Nachthimmel über dem Mahrwald.

Fuera del mundo

Colección Autores Españoles
e Hispanoamericanos

Luis Antonio de Villena

Fuera del mundo

(Una novela romántica)

Planeta

COLECCIÓN AUTORES ESPAÑOLES
E HISPANOAMERICANOS
Dirección: Rafael Borràs Betriu
Consejo de Redacción: María Teresa Arbó, Marcel Plans, Carlos Pujol y Xavier Vilaró

Diseño colección y sobrecubierta de Hans Romberg

Ilustración sobrecubierta: «El silencio», por F. Khnopff, Museos Reales de Bellas Artes, Bruselas

Primera edición: febrero de 1992

Depósito Legal: B. 2.277-1992

ISBN 84-320-7327-X

Composición: Fort (Aster, 11/12,25)

Impresión: Duplex, S. A., Ciudad de Asunción, 26, int., letra D, 08030 Barcelona

Printed in Spain - Impreso en España

I

NUNCA HE SABIDO demasiadas cosas de la niñez de Álvaro Alba. Nació en Madrid en 1960 y murió con veintidós años. Él decía que la niñez no importa, que a todos nos había fallado un beso en la infancia. Pero sé que su madre le quería y que no fue una madre posesiva ni fuerte. Su padre murió cuando él tenía tres años y dos más tarde Elena —la madre— se volvió a casar. El padre fue director de una sucursal de laboratorios químicos, y parece que se trataba de un señor burgués, con fe en la familia y soterradas desavenencias conyugales. Digo esto porque me he propuesto tratar por entero de la vida de Álvaro. Pero no sé si a él le iba a gustar.

Le conocí en la universidad en 1977. El primer día despistado de clase, en Filosofía, yo era tímido y me cobijaba con las amigas de mi antiguo colegio, me fijé en un chico que llevaba el pelo largo e iba vestido de negro. Era alto, delgado —parecía claro que deseaba conquistar la atención— y tenía una mirada entre reconcentrada y ausente. Nos sentamos casi al lado. Otro chico le hablaba y él parecía mirarle y al mismo tiempo estar lejos. Llevaba botas. Tenía gafas de sol que se quitaba y ponía, como si no quisiera estar donde estaba, con cierto nerviosismo que semejaba y no semejaba fingido. Sujetaba un cuaderno para tomar apuntes, y un libro que condecía demasiado con su vestidura negra: *Los cantos de Maldoror.* Álvaro había estudiado en el Liceo Francés y allí —pronto lo supe— se forjó una leyenda. Claire me narró uno de esos eslabones: Hacía dos años, temblando, le dijo que no podía contárselo a nadie y que quizá debía aceptarlo como penitencia. Su padrastro entró cierta tarde en su cuarto, mientras estudiaba, y, después de regañarle por haber faltado más de una semana a clase, había comenzado a acariciarle y le había poseído. «Es un cerdo —concluyó—, pero me ha gustado.» Tampoco Claire se creyó la historia, aunque hubiese dudado en su momento. Álvaro lo narraba muy serio y muy pálido y en algún instante los ojos se le volvieron aguanosos. Había detestado siempre a Luis, el marido de Elena, hombre educado y simpático, que nunca deseó suplantar imposiblemente al padre muerto.

Un día que acudí a su casa a mirar algunos papeles de mi amigo, le pregunté a Luis por su relación con el hijo, usé esa palabra. Y me dijo que le quiso mucho, pero que nunca había pretendido confundirle. Mi impresión de Luis Ciges —un arquitecto de maneras pausadas— negó siempre las fantasías de Álvaro. Me invitó a una copa de coñac y me explicó lo que pensaba: Álvaro era un inadaptado, demasiado inteligente para la vida. «Le quise por él —terminó— porque me pareció desde los primeros años dulce, y trágicamente, indefenso.» Al día siguiente, quizá porque mis preguntas habían movido sus recuerdos, me escribió una carta. Un texto reflexivo, espontáneo: «Procuré, en la medida de mis fuerzas, cuidar de Álvaro. Pienso que él no me quería. Su madre nunca dejó de preocuparse por él, y lo entendí. Creo que no tuvimos un hijo nuestro porque Elena no toleraba ni imaginaba un competidor para Álvaro. En verano, mientras fue niño, veraneamos cerca de Almería. A mí me gustaba la tranquilidad junto al mar, y pensé que aquel ambiente natural y silvestre le haría bien al chico. Jugaba mucho por las cercanías de la zona montañosa. Siempre fue muy tranquilo, muy normal, muy callado. Pero cuando era adolescente —creo que apenas tenía catorce años— tuvimos que dejar de ir. Se veía hacía poco con la hija de un pescador. Y un día, no sé por qué, empezó a pegarse con toda la panda de muchachos de aquel pueblo. Al principio me pareció algo normal: peleas y algaradas de adolescentes. Supe que a la chiquita le decían "puta" y Álvaro la defendía. Sólo que empezó a no moverse, le pegaban y no reaccionaba, aceptaba el castigo. Los muchachos iban contra él, y no se movía, diríamos que con absurda resignación recibía los golpes, los puñetazos, las patadas. Volvía a casa —vez tras vez— con magulladuras, casi herido, sin hablar. Y tuve que tomar cartas en el asunto. Una noche le pregunté: "¿Qué ocurre?¿Por qué te pegan y cómo es que dejas que lo hagan? ¿Por qué no peleas?" Me contestó con los ojos muy oscuros: "A lo mejor me gusta, o será que me lo merezco." Y aunque le regañé, o traté de burlarme para que reaccionara, la verdad es que no supe —y no sé— qué decir. No volvimos.»

En la carta había, además, otros muchos rasgos de amor o cariño por el hijastro. No dejaba entrever momentos de animadversión contra él. Simplemente reiteraba que el chico no le quería. Álvaro me había hablado de sus veranos en Almería, en Aguadulce, pero nunca me contó la historia de las palizas. Hablaba de una historia de amor con la mocita, pero en esa historia, invariablemente, él era el duro. Había un ingrediente común en todos los relatos que tenían a Álvaro por protagonista: el afán de transgredir. La necesidad de cruzar una frontera. Así, al pronto, se creería que estoy hablando de un muchacho huraño, antipático, impertinente. Alguien que expele desavenencia alrededor de sí: y no es cierto. Álvaro parecía inicialmente altivo, distante, pero era tímido. Luego — y muy pronto— podía ser encantador y dulce. Buscaba y necesitaba cariño. Y en los momentos íntimos, cuando ya existía confianza, emanaba una simpatía acercadora, próxima, como la complicidad de reír y disparatar juntos. Álvaro —que odiaba la niñez— escondía, como todos, un niño díscolo y tierno. Un niño al que amaba y odiaba alternativamente.

Aquel primer día universitario mi mirada, insistente, buscó a mi nuevo compañero. Nunca me había ocurrido (o nunca me di cuenta) que desease ser amigo de quien estaba a mi lado. Álvaro atraía sin evidente porqué. El pelo lacio, quizá. O el traje negro. O más probablemente un aura, una irradiación de su persona. Era como si se pudiese adivinar que quien allí estaba te abriría puertas, te daría alientos para volar y haría que tu vida vibrase con resortes distintos. Yo había sido un muchacho tímido, había tenido una adolescencia excesivamente enclaustrada y estaba comenzando a ver que la vida —el gran fluido vital— pasaba por delante mío invitándome a sumergirme. ¿Qué joven no siente ese tirón hacia la realidad? Pensé: Él es parte de lo que me tiene que pasar. Me pareció del color de la vida, y le miré y miré mientras se sucedían las presentaciones de los profesores. Había decidido hablarle antes de la última clase, pero después del cambio, Álvaro no apareció. Así es que tuve que contentarme con el día siguiente. Por suerte para mi inicial seducción y propósito, seguía llevando el tomo de *Maldoror* entre las manos. También vestía de negro, aunque creo que ya sin las gafas de sol. Me puse a su lado —confiando en que se acordara de mis miradas— y me dispuse a lo que imaginaba una mezcla —por su parte— de desdén e interés.

Había decidido (pensando en él, en su mirar alto) que aceptaría su desprecio, porque no sería definitivo. Por fortuna conocía a Lautréamont, aunque no hubiese leído su libro. Dije —casi de repente— que debíamos ser los únicos allí que sabían del Conde. Esperé una mirada desdeñosa, un monosílabo vago. Encontré la más franca cordialidad, casi una vibración de alegría. Aunque su mirada era evasiva, extraña, y parecía irse hacia dentro —me di cuenta que tenía los ojos muy azules, negros casi—, su cuerpo y su sonrisa se abrían paso. Me contestó con llaneza, se volvió hacia mí y empezó a charlar, hilvanando temas aceleradamente. En algún momento —hablando de Ducasse, de Poe y literatura fantástica— me dijo: «A mí también me interesa el mal.» Había algo inocente y limpio en la frase, y más si se refería a mí que apenas había roto el cascarón. Pero era verdad que me interesaba *el mal* con la misma certeza, en algún modo, con que Álvaro semejaba navegar en sus aguas. Y ahí, en aquella conversación del aula, empezó una amistad que fue en sus primeras semanas peripatética. Salíamos de la Facultad (faltábamos incluso a alguna clase) y nos poníamos a caminar enredándonos en otra conversación, apasionada, que muy pronto se volvía total. Podría resumir algo: le interesaban el arte fantástico y la sensualidad. Un día llegamos a la conclusión de que la mayor parte de nuestros sentidos estaban cerrados. ¿Cultivábamos el olfato? ¿Éramos capaces de gozar con una sinfonía de perfumes? Y nos emocionábamos —precoces hedonistas— narrándonos posibles experiencias insólitas. Yo, por supuesto, estaba más acá que mi mente. Pero ¿hasta dónde había llegado Álvaro? En los bares pedía copas de coñac y los camareros le miraban con cierto asombro. Retenía la copa en la mano, con fuerza, y paladeaba rápido el licor, como quien tiene amplia costumbre. A Álvaro —entonces supe que el padre había muerto y su madre vuelto a casar— los padres le otorgaban bastante libertad. Parecía, a menudo, no tener horarios de llegar a casa. En realidad los tenía, pero peleaba en contra. Bebía y, como tantos estudiantes, fumaba hachís. Al principio no lo hizo delante mío (pese a nuestras rompedoras, libérrimas charlas), pero pronto, como quien nada hace de puro habitual, comencé a verle desmigajar la china. Yo semejaba fumar (nadie lo hacía solo), pero apenas me tragaba el humo. También descubrimos en seguida, en el fervor de las caminatas, que ambos escribíamos. Pero aunque Álvaro parecía muy seguro de sus poemas —«creo que ése te gustará»—, nunca me los mostró al inicio.

La noche de los sábados íbamos de bares. Al principio por Malasaña, luego donde cayera. Álvaro tendía a beber sin dejar de hablar. Le secundaba. ¿Me gustaba Nerval? «*Yo soy el desdichado, el tenebroso, el viudo/príncipe aquitano en la torre abolida...*» Recitaba, con gestos, y terminaba riéndose de su propia actitud. Generalmente accionaba con el vaso en la mano, hacía muecas y hasta pirueteaba cuando aún no estábamos, en un tema, demasiado río adentro. Los rictus, la ropa casi siempre negra, un pañuelo rojo que llevaba al cuello y la pose un algo retadora, solían volver los ojos hacia él. Las chicas con admiración, frecuentemente. Una de aquellas noches de bohemia sabatina —alcohol y literatura—, estando en un bar con la música muy alta (¿era Lou Reed?), una muchachita rubia y muy delgada, de aspecto nórdico, se acercó a nosotros y, tras mirar a Álvaro con una sonrisa, pasó el *canuto*. Entrecerraba los ojos y se balanceaba, despacio, en el ritmo. Me pareció que fingía y que, de verdad, no estaba tan *colocada*. Se encaró con él:

—¡Qué creído eres, tío!

Lo dijo en liza, en el momento en que el vaivén del cuerpo musicado la llevaba adelante. Álvaro, sin mediar palabra, la besó en los labios. Entoces ella le echó mano al cuello y restregó la boca: un beso anudado y retorcido. Luego, naturalmente, empezaron a hablar de música. ¿Te gusta Bowie? ¿Conoces a Mick Romson? Había mucho de apasionado en aquella conversación todo preguntas. Me uní poco a poco con nuevos nombres. La chica llevaba botas y un faldón de flores. Su pelo era casi albino, y la tez muy blanca, como de mareada. Los labios, sin embargo, tenían brillo. Nos contó que se llamaba Cristina y era hija de suecos. Junto a Álvaro, con su pelo negro y los ojos oscuros, formaba un nítido contraste. Era guapa, aunque tenía algo anémico. Yo nunca había hablado con Álvaro de exactos gustos femeninos. Sin que la conversación sobre música cediera, volvieron a besarse. Fue también un beso apretado. Aunque aquello no llamara en sí la atención (había otras parejas enlazadas), su delectación al apretarse parecía chocante y rica. Y de pronto, sin comentar nada, débilmente cogidos de la mano, echaron a andar hacia el fondo. Había mucho humo y la música seguía atronadora. La verdad es que no imaginé adónde iban. ¿A comprar *chocolate*? ¿A encontrarse con amigos de ella? Era posible, y tampoco me preocupaba. No sabía si se habrían bisbiseado algo mientras se abrazaban. Volvieron después de unos diez minutos. No vi cambio alguno en su actitud, se les notaba —si acaso— más naturales, más sueltos. Se besaron de cuando en cuando, pero ya sin ardor. Y la charla terminó en seguida. Fue entonces —mientras caminábamos hacia otro bar— cuando Álvaro, como al desgaire, me dejó caer: «Acabo de follarme a esa tía en el váter.» Sólo empleaba expresiones vulgares en ciertos momentos, no eran habituales en él, pero eso las subrayaba y se ostentaba al declararlas. En cuanto al hecho en sí, sentí perplejidad, y creo que tan sólo me sonreí o entredije alguna chorrada. Yo nunca había follado, aunque lo imaginaba detalladamente cientos de veces. Álvaro parecía un asiduo practicante. ¿Lo era en verdad? ¿Podía ser cierto que se había tirado a Cristina, llana y alegremente, en los lavabos? No lo puedo saber, pero intuyo —suponiendo a la vez que me equivoco— que mi amigo era menos experto de lo que declaraba. ¿No se deleitaba (como cuando le contó a Claire lo de su padrastro) en narrar muy frecuentes asedios sexuales?

Creo que fue por Navidades cuando Álvaro me llevó a su casa. No vi entonces al padre, pero Elena me saludó al llegar. Me pareció atenta, bastante arreglada, envuelta buenamente en aires burgueses. El piso era grande, y aunque observé algún detalle prescindible —unos floreros que se me antojaron vulgares—, había muebles sólidos, preponderantemente oscuros, y un empapelado discreto. Su habitación —de estudiante— tenía una cama estrecha, y un gran cartel con la efigie de Keats. Procedía de un viaje estudiantil a Roma. Era pequeño el cuarto, y con abundantes libros en desorden. Quizá sentí que olía mucho a tabaco, porque apenas entramos y cerró la puerta, Álvaro se puso a fumar y acto seguido a liar un porro. Hablamos del simbolismo francés, que era uno de nuestros temas predilectos. ¿Qué nos atraía de Baudelaire, por ejemplo? Nos pareció alguien que llegó a imaginarse una vida maravillosa, algo que merecía ser vivido, pero que al mismo tiempo —y desde el mismo ángulo— comprendió que esa vida era desdeñable. La verdad es que yo entonces interpretaba mal lo que implicaba desdeñar la vida, y tiendo a creer que Álvaro tampoco lo entendía, pero había en él una intuición que le otorgaba —sin poseerla— visión profunda. Sentía que la vida es a la par sublime y abyecta, que el mundo es un paraíso ajeno. Y tal sentimiento le conformaba. Le arrastraba ciegamente hacia lo pasional y le iluminaba la inteligencia. Recuerdo que —mientras nos pasábamos el canuto— leímos un poema de Baudelaire que un crítico moderno atribuía a experiencias alucinógenas:

J'ai longtemps habité sous de vastes portiques
Que les soleils marins teignaient de milles feux.

Nuestro propósito era buscar o identificar las imágenes oníricas y visionarias. Un caso: ¿no semejaba que *soles marinos* era algo así como el reflejo del sol bajo el mar, y que los pórticos debían de ser subacuáticos? La imaginación pirueteaba entre los versos sonoros. Pero veía que Álvaro no sólo deseaba pasearse por el retumbante placer de las palabras, sino transformar esa melodía en vida. Cuando contaba sus impresiones estaba haciendo propuestas de viaje. Noté ese día —entre los comentarios— que mi amigo anhelaba partir. Su idea de vivir era apurar la vida. No le interesaba quedarse en las laderas. Y no hacía falta decirlo: la expresión de su ardor lo volvía evidente.

No sé si podrá parecer que yo me estaba enamorando de Álvaro, o es una pregunta que me surge a mí mismo ahora. ¿Cómo definir las amistades adolescentes? En ellas hay algo exclusivo, cotidiano y apasionado que las avecina al amor. Un amigo te rapta. Deseas verlo todos los días. Y no importa qué se haga, lo haremos juntos. Del amigo puedes tener arrebato y celos, pero la verdad es que el horizonte sexual raramente se cruza. En realidad esa línea apenas se percibe. No, nunca vi a Álvaro con ojos de sexo, pero sentí la inquietud de que otros caminos nos separasen. Álvaro era guapo, ya lo he dicho: el pelo largo y negro, muy azules los ojos oscuros y un óvalo facial regular y de mirada miope. Y aunque las piernas las tenía levemente abiertas —como las de quienes han montado mucho a caballo—, el cuerpo era simétrico y atractivo. Pasó de un alargamiento frágil a cierta contextura sólida. Pero nunca pensé en el sexo. De Álvaro me cautivó su magia, su ardor, ese halo inexplicable que le rodeaba. Su fuego.

El curso lo seguíamos mal. Álvaro no acudía a las clases que no le interesaban y pensaba —no sin razón, mayoritariamente— que los profesores eran mediocres. La universidad, hacía años, era lugar de retaguardia. Los alumnos, que ya ni siquiera sobresalían por las inquietudes políticas, sólo buscaban el título final. Integrarse mansamente en la rueda de la vida. Despreciábamos esa actitud, pero Álvaro despreciaba aún más a los profesores mismos. Sólo Juan Ortín, el docente de Literatura española, cautivó a mi amigo. Ortín con bigotazo nietzscheano y pantalones de pana oscura, hablaba de libros y hombres con verdadera pasión, en lugar de seguir a pies juntillas los dietarios de fechas y títulos que leían casi todos en sus notitas manuales. Procurábamos no faltar a esa clase. (Sé que Álvaro, tiempo después, cuando publicó su primer libro, tuvo mucho empeño y cuidado en que Ortín lo leyera.) Él nos acompañaba alguna vez, por Moncloa, a beber cervezas. Recuerdo un día, era primavera, en que nos habló de una novela que acababa de descubrir. Su autor, Paul Bowles, había sido solo un nombre hasta entonces. *El cielo protector* era la historia de un exceso. Un trío que se interna en Marruecos, en la inmediata posguerra, hasta que a la muerte de Port Moresby, Kit, su mujer, continúa por el desierto, entre sexo y violencia, en un panorama de locura. Más que narrarnos el argumento —según él lleno de ambigüedades en un hilo de aventura—, Ortín nos habló, acaloradamente, de África, del sol, de la sed de experiencia. *El cielo protector* era la historia de un límite. Del choque inevitable con la frontera. Pero también de la necesidad de quebrar y superar ese límite.

Ante las palabras del profesor —que nos abrían el mundo con nuestro propio afán—, Álvaro se refirió a las noches de verano. Por qué le gustaban. Según él, su magia radicaba en que el cielo, por el calor, no parecía cerrarse con la noche, sino abrirse. Había un gran hueco y la absoluta necesidad de llenarlo. Entramos en una conversación animada y onírica. Porque la vida parece limitar, clausurarnos, y todos ansiamos trasponer barreras, aunque sepamos que el filo de la vida es la muerte. ¿Ha de ser ella entonces una forma de vida? ¿Linda la locura con el más allá? ¿O es el sexo el agente transgresor y viático? Noté en algún momento que Ortín —quizá por timidez— dudaba en seguirnos por el camino emprendido. ¿No éramos un par de románticos? Yo trataba de justificar mi actitud —acaso por miedo a esa palabra— cuando oí que Álvaro, con una leve sonrisilla, atajó: «Y ¿por qué no?» Lo que nos llevó al romanticismo enraizado. Ortín habló de una encarnación de la vida en lo Ideal. Transformar el cuerpo en espíritu. Y algo de lo que el profesor decía llamó la atención de Álvaro. «La vida sólo tiene sentido en el exceso», afirmó. Nos miramos con cierto asentimiento, pero era difícil explicar —y no seguimos— qué quería decir exceso, según cada quien. Cuando Ortín se marchó un rato después, y mientras caminábamos, absortos y sin rumbo (eran los deliciosos, apasionados paseos en la soledad de la noche), Álvaro me propuso por primera vez ir ese verano a Marruecos. El asunto de *El cielo protector* —aclaró— no había hecho más que despertar una idea vieja.

Desde el comienzo de nuestro trato supe que Álvaro escribía. También lo hacía yo, pero era más tímido a la hora de expresarlo. Él no enseñaba sus escritos —tardó en hacerlo—, pero declaraba que tal noche había escrito un poema, o me citaba frases y líneas. Ya entonces usaba el título: *Despierto de soles*. Si intentara describir su teoría de la escritura en aquel momento, se acercaría al surrealismo.

Era Rimbaud y era Breton, pero con más colgantes preciosistas. Se trataba de contar, alzadamente, el sentimiento. Y ello significaba sueño y acción, realidad y deseo, reflexión e iluminación, a ser posible todo en el mismo acorde. En la misma emisión de fuerza. No sé por qué, puedo recordar un poema, algo magmático, de aquella época, comenzaba:

Inmensamente tinto en esa sangre amante
crispar sones de mar en cada beso adentro...

Ahora no sé si me gusta. El poema —no más corto de veinte versos— estaba encendido de vigor y expedía, al leerlo, algo así como aliento de cíclope. ¿La vida de Álvaro —su vida real, digo— tenía alguna conexión con el tropel de imágenes oníricas? El poema hablaba de un amor devorador y destructivo, sugería el viejo tema de la muerte amorosa, sin perdonar besos devoradores, y algo como una pelea entre escualos. (Recuerdo probable de Lautréamont y de Aleixandre.) Ignoro por qué causa no me dejó leer el texto escrito entonces. Sólo me lo leyó sin dejarme verlo. Supuse —porque a mí me hubiera pasado igual— que se trataba de timidez hacia la forma. Álvaro temió siempre que le reprocharan defectos formales, indudablemente porque escribía con turbulencia. En otra ocasión me confesó que el tema de uno de los poemas, o para decirlo mejor, su inspiradora, era María Basturiz. Quizá le había preguntado por su vida, por lo que hacía cuando no nos veíamos. El texto aquel, en medio de un onirismo floral, sugería delicadeza, ternura y un deseo imperioso de perderse juntos. Iluminaba una pequeña habitación y dos seres que han hecho el amor dulcemente, y disponen ahora, soñando entre caricias, lo que será su vida. Y su delirio es deshacerse juntos en un aire de fuego.

A María Basturiz la conocimos también en los primeros días de la universidad. Era rubia y tenía un cuerpo a la vez delicado y fuerte, como si fuese la voluntad quien gobernase aquella débil y deportiva estructura. Era alta, y nos contó que había jugado al baloncesto. A Álvaro le gustó en seguida. Pero ella, que aceptó rápidamente la amistad (comentar temas de clase, ir juntos al cine, compartir alguna copa), parecía no querer el lado amante. Porque no era sexo tan sólo. Álvaro del sexo hablaba con cierta altivez, desfachatadamente, pero cuando brotaba ternura, y se mezclaba, tendía a callarse. Más tarde María me confesó también que se acostaban. Pero era una relación peculiar: ella no aceptó que la penetrara, se lo impuso como condición previa. Quería a Álvaro, y más aún, se sentía atraída por él, pero no era el tipo de hombre con el que, de primeras, buscaba llanamente lo sexual. Hablaron del deseo que crece al no ser satisfecho, y, en una muy mórbida atmósfera, él se masturbó mientras la acariciaba. María tuvo rápida confianza conmigo, porque —amiga y pasión de Álvaro, o sólo ya amiga apasionada— concluyó viniendo con nosotros a Marruecos.

¿Quién era Álvaro Alba para mí —qué sabía de él— al filo del verano, después de aquel primer curso lleno de paseos, de charlas, de afán obsesivo por superar nuestro medio? Desdeñaba a su padrastro, injustamente sentía que su madre le había postergado, amaba mucho la literatura, y creía que el mundo habitual era una maquinaria desarreglada, pero que algo similar a la osadía, a un vuelo arriesgado, lograría quizá un cambio en la fortuna. Escapar a la rutina, a la simple rotación del planeta, tal era el camino que buscaba. A ese anhelo, a esa inspiración —pues no era algo concreto—, lo llamaba «el punto sin retorno». Por eso no le afectó el dulce y particular desamor —desexualización— de María. Nunca pensó que ella fuese *el punto*. Pero el encanto consistía en tratarlo todo como si ya hubiésemos llegado. Y Álvaro contagiaba esa sensación de límite.

María Basturiz compartió de inmediato nuestros anhelos culturales y nuestro rechazo de la mediocridad de las aulas. Claro que lo que encandiló a Álvaro fue su halo indefinido. Su cuerpo largo, quebradizo y duro. El pelo que tenía que quitarse de los ojos, y aquel mirar misterioso, doliente, lleno de claridad y de pasión. Creo que Álvaro se vio a sí mismo en María. Su unión fue —para él— narcisista, y esos opuestos iguales le resultaron un éxtasis. Pero cuando fue comprobando que ella —sin rechazarlo— no compartía sus alas, decidió convertirla en prólogo de alguna fiesta futura. Iba a representar el punto apremiante del deseo, lo que nos mueve a querer, un apetito, no la realización completa. Por eso pudo desentenderse del sexo total. Y quizá buscó también (aunque al fin consiguiese a María) que ella se mirase objeto de ansia, pero no el mar absoluto en que te anegas.

Fumábamos mucho hachís, pero, salvo algún día que nos excedíamos en la cantidad, los efectos nunca pasaban de un suave bienestar o de una apertura de la sensibilidad —como si todo brillara más—, y las cosas y las ideas llegaran mejor. Porque el mundo te rozaba con atinada eficacia, y lo sentías. Álvaro ya había aceptado a María en el grupo —aunque con menor asiduidad que a mí—, cuando una noche narró lo del *top-less*. Se había metido (contó) en uno de esos bares en que hay chicas sin sostén. Acababa de cumplir años, y supongo que no le agradó enseñarle el carnet al encargado: vería el estreno. Luego se puso a charlar con una muchacha morenita, de pechos puntiagudos, a la que invitó a verse al cerrar. Se había dado cuenta de que a ella le gustaba. Se vieron a las tres de la mañana en un *Drugstore*, y ella —muy desenvuelta, con decisión— habló de ir a su apartamento. Entonces Álvaro, contento de sí (cual lo contaba), le dijo: «Pero tienes que saber que cobro.» Se echó ella a reír: «¿Que tú cobras?» Y él se mantuvo sonriente, firme e irónico, como sobrevolando una ciudad conocida. Dominando el juego. «¿No te apetece pagarme?», añadió. «Sí —replicó la chica—. Anda, vamos.» Nos quedamos un tanto atónitos. «Me pagó tres mil pesetas y fornicamos de maravilla.» ¿Lo dijo para sorprender a

María? Luego fue desgranando, como sin querer, las cosas que habían hecho. Oímos la expresión: *un beso negro*. El sexo era importante para Álvaro —su pulsión, su frontera—, pero también la bravata era su reino. Cuanto fuera extremoso. En *Despierto de soles* —que ya me dejaba ver a trozos— hay muchos poemas de amor, o para expresarlo mejor, de arrebato. Alguna vez me dijo, paseando, que él detestaba la normalidad. El lento sucederse de los días a una temperatura tibia y tenida por conveniente. Se trataba de excederse, salir de esa tibieza. Porque ¿qué significa la vida si no sentimos su propio latir? Para algunos, los mansos, vivir será estar con vida, notarse viviendo. Para Álvaro vivir era —y lo pretendía así— la espuma de la misma vida. Una acción coronadora o de éxtasis que, partiendo de un sentimiento natural, lo encima y supera. De la carta que Luis Ciges —su padrastro— me escribió sobre Álvaro, retengo otro fragmento:

«Digo que era indefenso e hipersensible por idealista. Álvaro creía que el mundo habría de funcionar a su antojo. Creía que la temperatura, el clima de todo se muda a capricho. Una noche (o madrugada) oí que entraba en la casa. Estaba despierto, y sentí un poco desgobernado el ruido de la llave. Su madre dormía. Tuve la vaga sensación —es decir, no sé por qué— que le pasaba algo. Presté atención y percibí tenues sollozos, un asordinado hipar. Como los susurros no cesaban, me levanté. Lo hallé descamisado, con el pelo húmedo y los ojos llenos de lágrimas. El pelo muy revuelto, de aspecto sucio. Estoy seguro que había tomado alguna droga, algo alucinógeno, pero no me lo confesó. No podía en ese momento. Al verme se echó a llorar plenamente, incontenible. Sólo decía: "Es horrible. Todo es horrible." Parecía invadido por una angustia muy profunda, como si le pesara un terror cósmico. Como si se hubiese percatado de algo espantoso, inconcretamente terrible, y eso le hiciese llorar como un niño. Me impresionó lo que parecía tremendo y vago de su pena. Pero no fue la única vez que vi llorar, sin aparente motivo, acaso presa de una forma de crisis nerviosa, a Álvaro. Se desolaba. Parecía angustiado por la alegría o el terror. Lloraba como si estuviera solo en un cuarto gigantesco y negro.»

Yo no había visto a Álvaro llorando, pero sí al borde de la crispación. Muchas veces le observé como si algo fuese a ocurrir. Como si un viento tremendo estuviese a punto de abatirle desde la cima del mundo. Y quizá luego lloraba. No lo vi, eso fue más tarde. En aquellos tiempos primeros de la universidad, Álvaro era sobre todo alegre, cínico, apasionado. Eso sí, cual si siempre pudiese ser herido. Frágil, exasperado, vulnerable. Pero nunca me pareció entonces tan en carne viva. Elena me dijo una vez, en su casa, mientras le miraba con aire cariñoso: «¿Entiendes tú a este chico?» A mi amigo ese típico gesto materno le pareció horripilante como una mano tutelar por el pelo. Cuando ella salió del salón, acto seguido, puso aires de espanto (otra queja a la madre) y trazó una breve mueca desdeñosa.

En los primeros días de junio —recién acabado el curso—, Juan Ortín, que nos hizo un informal examen para matrícula (fue la única) y nos invitó a cenar en El Escorial, como celebración. Fuimos en su coche, y pues la invitación surgió de repente, olvidamos a Claire y a María. Ortín se ofreció a recogerlas, cuando lo mencionamos, pero Álvaro se negó: «Lo estropearían todo», dijo. Y el profesor sonrió, creo yo, en complacencia. Juan Ortín no era misógino —al contrario, quizá—, pero sentía satisfacción viendo cómo Álvaro, teatralmente incluso, devoraba sus palabras cuando le afectaban, y Ortín —más cada vez— procuraba que ocurriese el efecto. Era un pupilaje ardoroso, y aquella noche hablamos del futuro. Primero de manera convencional —profesión, salidas—, pero rápidamente de la vida: médula de lo que arrastra. Nadie sabíamos —era verdad— lo que queríamos realmente. Me parece ahora que Ortín debía de hallarnos sumamente elementales, aunque exaltados de impulso. O sea que lo queríamos todo. Nuestro ideal era que cada día fuera distinto. Especialmente era el ideal de Álvaro. Y entonces el profesor —al que la intensidad hacía saltar manchitas rojas en la cara— dijo algo parecido a esto: «¿Cómo renovar la agotada senda del mundo?» Según él se trataba del esencial problema del temperamento romántico: no sucumbir a la cotidianeidad. ¿Cómo refrescar un universo tan anquilosado? Noté un leve estupor en Álvaro —que apuró el vino mientras Ortín aguardaba— para reaccionar en seguida. Cada uno poseemos la facultad —dijo algo así— de rehacer lo hecho, de darle otro sesgo. Para lo que sólo nos hace falta atrevimiento. Y desprecio. Desdén por cuanto se duerme y aposenta. Juan se echó a reír tímidamente: «¿Me ves despreciable?» Y Álvaro tuvo una rápida réplica: «Usted (o tú) te atreves con la cabeza.» La respuesta —su inmediatez— hizo más rotunda la risa colectiva. Y Ortín, sin dejar la algazara, alegre, susurró algo como: «Bueno, es más que posible que nunca me haya atrevido...»

Juan Ortín y yo hablamos después de la muerte de Álvaro: «Creo que no poseía el sentido de lo cotidiano —me comentó—, no quería, y acaso no podía, adaptarse al mundo. *N'importe où hors du monde*.» Recordó el poema de Baudelaire. Estar bien en el lugar en que no se está. La monotonía, mitad de la nada. Largos baños de tiniebla: *Any where out of the world*. Álvaro era un idealista. Pero un idealista activo, frente a la mayor parte de sus congéneres de credo —o anhelo— que optan por vegetar. Más claro: Álvaro deseaba convertirse en dios. ¿Quién no ha soñado, honda o vagamente, que sólo ser dios vale la pena? Álvaro nunca se amoldó, no se resignó. Si quieres términos más coloquiales, más al uso, era un desplazado. Una figura que suele atraer irresistiblemente, y a quien no se ve cómo detener en la inevitable caída. Sentí cierto vértigo con Álvaro. La obligación moral de pararle y el gozo magnífico de contemplar su proeza. No pude decidir. Mirar solo, acaso, y tampoco el último descenso.

Álvaro bebía mucho ya en aquel tiempo, pero nunca se emborrachó conmigo plena o torpemente. Prefería la conversación, caldeada por el alcohol, pero nunca suprimida. Sin embargo Claire me contó un día —tras la ausencia de una semana de Álvaro, cuando en su casa repetían «está con gripe»— una historia de la que había sido testigo. (Quizá era la misma referida luego por Luis Ciges.) En el piso de un personaje que no conocía y que encontraron en un bar de Malasaña, les ofrecieron peyote. Iban cargados de alcohol, pero Álvaro lo tomó. Al poco, con los ojos muy brillantes y abiertos y una clara tensión alucinógena, se marchó diciendo que volvería pronto. Nadie supo de él durante casi dos días, hasta que reapareció en el domicilio paterno, demacrado y semidesnudo. La madre se lo contó a Claire, ya que había sido la última en verle. Álvaro nunca habló de ese asunto. A mí sólo llegó a decirme que el peyote le sentó mal y que estuvo horas vomitando por el Retiro. Pero parece que existió, además, un vagabundaje con delirio y sexo. Elena le oyó, entre sueños, mencionar algo de Somosaguas y del «salón de las espadas». Teníamos la sensación de que allí —bajo los efectos del alcohol y la droga— había ocurrido algo desagradable que se negaba a contar. ¿O él mismo lo había olvidado? Los hongos alucinógenos son una droga muy intensa, y es bien posible, que tras la fuerza de la acción, le hubiesen dejado una amnesia parcial. No recordaba tampoco que llegó a su casa, sin camisa y con el pelo muy revuelto, casi extremado. Guardó cama durante varios días.

La noche de aquella cena en El Escorial, Álvaro pidió permiso a Ortín —bebido el café— para liar un porro. Creo que se lo pidió, un tanto retóricamente, mientras ya lo hacía. Nunca habíamos fumado costo delante suyo. Y aunque el tema era tan frecuente en la Facultad, en Álvaro (como hasta sus mismos silencios) adoptaba una sutil actitud de desafío. Hizo gesto de pasárselo a Juan y éste —sin comentar— lo aceptó. ¿Había sido Juan Ortín, en su extrema juventud, como Álvaro Alba? No lo expresó nunca. Pero idealmente es posible que sí. Luego —ya lo dijo— no se atrevió, como tampoco yo (se imaginarán) me he atrevido.

II

UN VIAJE, para los jóvenes, es una iniciación. Pero tampoco se abre como una petición de principio. Se trata de divertirse, gozar, estar juntos, y —como justificación— hacerse del mundo. Y así partieron, en el viejo Citroën de María, que se había ofrecido a conducir. Conocer el mundo es saber que cada día ha de depararnos algo nuevo y diverso, romper el piso de la rutina, ver alborear la diferencia como modo de lo natural, sentirse crecer por dentro. Un viaje tiene que quebrar algo, empezar —teóricamente— como un reguero de dinamita: una línea con final que estalla cual una sorpresa. Pero lo cierto es que Carlos esperaba menos que sus dos amigos: conocer Marruecos —el exotismo más cercano— y vivir con ellos, porque sentía que *vivir* pasaba por compartir juntos la cotidianeidad. María Basturiz anhelaba que ocurriese algo, aunque no se atrevía a preguntarse qué (sabía que Marruecos es un país misógino) y sólo Álvaro —no lo llegaron a hablar tan explícitamente— deseaba cambiar, volverse otro. Y su otredad la centraba en el riesgo.

Cuando viajaban en el coche hacia Algeciras (en plena torridez luminosa de julio), María comentó:

—A veces pienso que lo bonito de los viajes es que te den un poco de miedo.

El miedo mide la intensidad del viaje, y, si pudiera decirse así, le da sentido. Miedo indica que deben ocurrir cosas, y que serán acontecimientos para los que no estamos preparados. Es la fecha que señala la duda en la reacción, la posibilidad de hechos que nos sobrepasen. Carlos (sabemos) se había vuelto muy amigo de Álvaro desde los primeros días de universidad. Compartían —también con María— el amor a la literatura y la sed de sensaciones. Y hay que decir que María y Carlos (de ojos grandes y gafas redondeadas) compartían asimismo su admiración, o mejor, su fascinación por Álvaro. La actitud de éste, su indolencia, su seguridad, su atrevimiento, su pasionalidad ingenua eran un filtro que habían bebido sin titubeo.

De una manera amplia o totalizadora María nunca había pensado en la vida. Y Carlos —alguna vez— se veía como un profesor rico de experiencia. Una suerte de Juan Ortín en una época si más generosa, menos desasosegada. Pero sabían —y sentían— que Álvaro sí había imaginado una vida más ancha. No lograban ver a su amigo en la rutina. Tenía algo de potencia romántica, claro, algo de sacudidor de conciencias, a su pesar. Y aunque nunca lo hubiesen llamado así, comprendían que Álvaro detentaba una suerte de grandeza. Un afán de crear el día. Un alerta de constructor de Imperio. Y al tiempo semejaba tan frágil, tan fácil de perderse. Como la noche que llegaron a Algeciras. Tomarían de mañana el transbordador para Ceuta, y fueron a parar a una pensión, que les recomendaron, por barata, cerca del hotel Cristina, en una antigua casucha. A Carlos le costaba un callado trabajo aceptar la cama destartalada de matrimonio, porque dijo que olía a potaje. María se rió y Álvaro dio con la solución que estaban buscando:

—Nos vamos al puerto a comprar hachís, y nos lo fumamos en la playa, bajo la luna; verás cómo olvidas la covacha...

Fueron andando, comentando lo absurdo que resultaba, a punto de entrar en Marruecos, quejarse de lo cutre de la pensión. Pero la charla duró poco porque el hachís asomaba por todas partes. Compraron a un chico que tenía trazas de pescador. Y siguieron hacia la playa, tratando de lo que, según cada opinión, les reservaba el viaje. Un viaje es conversación y cercanía continuos. Los temperamentos chocan y se autoconocen. Un viaje revela, nítidamente, la intimidad. Un viento suave rizaba las arenas calientes aún de la playa. Liaron lentamente la droga, ya deshecha, y se tumbaron de espaldas, indolentes, oyendo el ruido sosegador del agua. Bultos negros y pequeñas fogatas, la playa aparecía, aquí y allá, ocupada por grupos bohemios. Se pusieron a hablar en voz alta, pero susurrada, a medida que el porro circulaba entre los tres. Álvaro se dejó ir —aunque era una causa casi perdida en él— por lo que Carlos denominaba su «manía de grandeza». Hablar de su presunto abuelo el marqués de Encinar, que había tenido un palacio en la Castellana, y que —una vez— había recorrido Marruecos. Era un viaje de gran señor colonial que transcurría entre el lujo cosmopolita de los años veinte, e implicaba un crimen, porque en la *cashba* de una pequeña ciudad interior, asistía al asesinato de un teniente de la Legión extranjera. El abuelo Encinar se vería, durante un año, asaltado por una historia tétrica y turbadora, pues el teniente —le informaron de modo confidencial— resultó ser traficante de opio. Procuraron cortar al mitómano (¿lo sería?) sin dejarle tiempo a delinear suficientemente el relato. Los dos sabían ya que Álvaro fantaseaba sobre su origen. No se lo decían —y hasta en ocasiones les gustaba—, pero en general preferían al mismo Álvaro. Aunque sus ancestros —metafóricamente— se le parecían. Alguna vez llegaron a preguntarse para qué la invención de un pasado mítico. Carlos decía que Álvaro todo lo precisaba extraordinario, fuera del sendero común. Y una familia burguesa —incluso de humilde origen— no colmaba la sensación de absoluto. Pero allí en la playa, lejanos, resultaba hermoso oírle la invención de Marruecos. Dibujar la aventura.

—¿Crees que eso podría ocurrir aún? —dijo María.

—Creo que no —terció Carlos—. Las aventuras han cambiado de color. Se parecen menos al cine.

Comenzó a disertar entonces sobre las aventuras de la mente. La aventura debía ser algo que mudase tu manera de ver. Que te hiciese distinto, incluso a través del dolor. ¿Una aventura profunda no era un proceso doloroso? Y Álvaro, oyendo esas palabras, pareció salir del sopor de ojos cerrados en que había quedado tras la historia del abuelo aristócrata.

—¿Habéis pensado alguna vez por qué existe el dolor? —dijo.

E inició una reflexión enrevesada. Creía que el dolor era necesario. Fundamentalmente el dolor psíquico. Todas las sensaciones que nos acosan nos abren puertas, nos enseñan celdillas de nosotros mismos que no pensábamos poseer. Y sintiendo que crecen muros en nosotros, al percibir la imposibilidad y el vértigo, nace siempre algo, aunque notemos al principio un páramo de esterilidad. Ese dolor que dice que tu mano no alcanzará lo que busca, el de verte empequeñecer y cubrir de arena, son el seco comienzo de un parto. Existe el dolor porque nada es perfecto e íntimamente sentimos esa imperfección.

Atentos al discurso no se habían enterado de la presencia de alguien. Una chica de pelo revuelto, con jersey y un pareo que enseñaba las piernas. Preguntó si les quedaba algo de *chocolate*, y cuando se mostraron dispuestos a invitarla, se sentó como si los conociera de siempre. María pensó que tenía aire de *tronada*, porque nunca miraba de frente, y reía de cuando en cuando con risilla leve. Estaba de viaje con una gente —contó—, pero se habían largado sin ella. Fue después de una noche en que les habían pasado un *tripi* muy bueno, y no supo dónde terminó. Quizá pasó en ese *viaje* hasta un día o dos. Apenas recordaba nada que no fuera el sonido del mar, un retumbar que estaba detrás de todos sus sueños. Tuvo muchas ensoñaciones, caballos sobre todo, caballos asaeteados de flechas pero que ni morían ni parecían sufrir. Y de nuevo dejó oír esa risilla leve. Ahora no sabía qué hacer y tampoco le importaba. No volvería a casa, desde luego. De pronto —lejano a su pequeña, rutinaria historia personal y a ese relato de sueños que podrían volverse farragosos—, Álvaro le preguntó a la chica (Lavi dijo llamarse) quién les pasó el *tripi*.

—No recuerdo quién fue, pero os puedo llevar a aquel bar...

Nadie quiso que Álvaro fuera solo. A María definitivamente no le gustaba Lavi y tenía miedo del LSD. Pero también tenía miedo de quedarse sola. Caminaron por callecitas que olían a molusco y brea, oscuras y con pequeños apliques laterales de luz. Se oía de continuo el ruido del mar y otros sonidos inconcretos. De repente vieron luz distinta semivelada por persianas. Se escuchaba —incluso fuera— rumor de gente y de discos. Era una de esas tabernas, de proximidad de puerto, destartalada y algo sucia, con gente de varia catadura. Hacía mucho calor, pese al soniquete de un ventilador grande de aspas que daba vueltas aceleradas en el techo. El suelo estaba lleno de colillas, mínimos charcos y restos de gambas. En la barra servía un chico, de unos veinticinco años, en camiseta y con tatuajes coloreados en los brazos. Jóvenes, con tejanos muy estrechos y deslucidos, charlaban en grupo con botellas de cerveza en la mano. En una mesa había una muchacha, muy parecida a Lavi, bebiendo acaso un cuba-libre y con los ojos idos. Como si soñara. El aspecto exacto de un garito de descarriados y nocherniegos. Los miraron rápidamente al entrar, pero en seguida tornó cada quien a su murmullo. Sin anticipar nada, Lavi se acercó al chico de la barra y le habló al oído. Luego volvió a los amigos y contó que los *tripis* los tenía él ahora, y los vendía a tres mil cada uno.

—¿Tenéis pasta?

Álvaro preparó el dinero. Sin hablar, los otros hicieron lo propio con relativa mala gana. Habían oído y visto (menos de lo que decían) los efectos del LSD y, aunque buscaban la experiencia, suponían sin decirlo —o lo habían oído también— que debía venir rodeada, para su bondad, de un clima propicio. Por ejemplo a invitación de alguien amado, un día claro. O una tarde en que todo —y ellos mismos— semejase una expansión luminosa. Carlos y María hicieron visible un titubeo al dar su parte.

—No os preocupéis —dijo Álvaro—; los vamos a guardar para Marruecos. Nos los comemos allí, un día que valga la pena.

Lavi miró la operación como aguardando propina. Y le sonrió a Álvaro, sugiriendo que ese instante, ahora que había pagado al chico de la barra y guardado los *tripis*, no tenía por qué ser el final. Pero vieron el desprecio de María cuando, sin decir nada, al salir, tomaron una dirección opuesta.

—¿Es que no se da cuenta, no se da cuenta de que es una mierda la tía esa?

Carlos pensó que María iba a llorar. Habló conteniendo el grito. Ahogando un estridor en la garganta. Se paró a mirarla, y vio su pelo rubio suavemente aireado por la brisa y los ojos melancólicos teñidos de agua y brillos húmedos. Acababan de saltar dos chispas: la rara relación de María con Álvaro, su oscilar en la amistad, negando o ahogando el amor. Aquel mutuo tantearse bordeando el llanto. Y, de otro lado, la cohesión de los viajes. ¿Por qué tienen que separarse quienes parten juntos? ¿No habría de ser todo común? Sin dejar de caminar con rumbo a la pensión —pensando que tendrían que preguntar antes de llegar—, Carlos hubo de volver, con voz conciliadora, al tema del viaje. Buscaban experiencias, un viaje es un haz de experiencias, y era absurdo imponerse barreras entre ellos. Lo bueno es tener un amigo con el que hablar y comentar, pero nadie era quién para elevar cortapisas. Era cierto que Lavi no los satisfacía —tampoco a él—, pero nada debían decirle a Álvaro. En favor de su amiga, Carlos omitió algunos detalles. Los ojos profundos de Lavi, que acentuaba el *khol*. El aire sensual de sus caderas cuando movía el pareo (cualquiera sabía lo que había hecho de su equipaje) y lo torneado de las piernas, que bellamente se perdían en los muslos. Podría ser verdad que se tratase de una *tronada*, pero era seguro su magnetismo, ese impulso pasional de los que aman la vida, aunque concluya jugándoles una mala pasada. Una chica sin ropa y sin amigos, perdida en una playa veraniega, entre *porros* y viajes lisérgicos, sin futuro.

Álvaro no se refirió a esa historia. Les contó —cuando iban en el transbordador hacia Ceuta— que había vuelto casi amaneciendo a la pensión. Sabían que había hecho mucho calor por la noche. Pero el día era resplandeciente y el cielo parecía una gema preciosa. Observaban las olas que chocaban y rompían contra el casco del buque, y Carlos les hizo notar cómo las masas de agua parecían cubrirse, a la par del choque, de una retícula de venillas blanquecinas. Quedaron los tres absortos por el mar, por su movilidad rumorosa, pero sólo él pensó en voz baja esa expresión de «venillas homéricas» que —con referencia al rompimiento de las olas— le parecía sacada de algún libro sabio, con mucha literatura. Al llegar, tras la espera del coche, se encaminaron rápidamente a la vecina Tetuán. Sin decírselo, tenían hambre de exotismo, y la aparición de las chilabas y el ritmo extraño marroquí (quizá fuese ritmo lento) los cautivó en seguida. Hablaron sin parar en el corto viaje a Tetuán, pero resultaba imposible centrarse en nada. Recordarían esa conversación como un burbujeo, como el agua que brota feliz entre la arenilla de un surgente. Era como si volasen en una inundación de sol, el parloteo de aves en una fábula, inmensamente dichosos de sentirse ser —simplemente *ser*—, cual si en la velocidad todo, bajo un día de verano, fuera positivo.

En Tetuán —pese a la aún no perdida pátina española— iban a descubrir lo que Carlos denominaría después «vectores marroquíes»: olor y miedo. El aire, siendo limpio, tenía sabor: una mezcla notoria de cuero y tenería con especias. Y quizá sudor de cuerpo perfumado. Y las callejas, el entrecruzamiento de vías, la continua apariencia de mercado medieval, el aspecto distinto, colorista y sucio, de la gente —su gesto— producían una sensación donde la sorpresa lindaba con el temor, cosquilleo ante lo que pudiese pasar, como si acechara la aventura. Ese aroma a sensualidad aflorante los cautivó en seguida, era un certificado de distancia. Y el miedo los acompañó siempre, pues —aunque con zozobra a veces— era también lejanía y cambio.

Empezaron instalándose en una pensión que tenía mucho de provincia nuestra, para después caminar por las calles, perdidos, sin saber dónde iban ni querer saberlo. Hasta que un chaval con pantalón corto, ya adolescente, se les aproximó en una plaza (donde estaba el suntuoso consulado español) para proponerse de guía al palacio del sultán. Les habló en francés y luego en un castellano claro y rudimentario:

—¿Queréis ver palacio? Yo llevo. Vamos.

Agarró a María de la mano, súbitamente, mientras le guiñaba un ojo y ella se echó a reír. ¿Por qué no acompañarle si, en realidad, nada tenían que hacer? El chico dijo que se llamaba Ibrahim. Tenía en su adolescencia evidente algo infantil todavía. A la puerta del palacio (aún apenas se fijaban) había un viejo de barba blanca, con el que el muchacho intercambió algunas palabras. El patriarca los saludó en perfecto español. Luego comenzó un recorrido raudo por salas arábigas, con almocares y fuentecillas con acequias que rumoreaban entre el mármol; alrededor columnitas delgadas. Era bello, pero tenía algo de *ya visto*, una islamidad de estampa. Claro que los alegraba ver a Ibrahim tratando, aturulladamente y sin darle importancia, de explicar una historia que se le escapaba, con fechas y nombres embrollados. Al salir (la visita fue corta) invitaron al chico a comer. Ocurrió sin proponérselo, preguntándole dónde podían ir y luego —al aire de la sonrisa— siguiendo su iniciativa de no separarse.

Y ahí estaba el olor pegajoso de la casa de comidas, denso, con mesas y bancos corridos en un callejoncito de la medina, bajo un toldo sucio de rayas chicas. Las manos morenas y ágiles de Ibrahim comiendo con los dedos el *tajine* troceado y el tema —de repente— que sacó Álvaro mientras servían los vasos de té y olía a hierbabuena entre la carne asada. «¿Conoces algún sitio tranquilo donde haya poca gente? ¿Un lugar agradable, entre árboles?» El chico dijo en seguida: «Xauen.» Y les explicó que era un pueblecito en las afueras, al inicio de la montaña, lleno de frondosidad y donde brotaban muchas fuentes. Les dijo que era un sitio en el que daba gusto oír el agua. Les llamó la atención —no por primera vez— que el muchacho uniese una sensación placentera con la audición del agua. Propuso llevarlos por la mañana. Pero Álvaro le atajó: «¿Por qué no ahora? Ahora mismo.» Carlos pensó que la espontaneidad absoluta ganó a Ibrahim. Si hasta ese momento acaso pudo creer que se hallaba ante turistas jóvenes —nada más que turistas—, la premura y disponibilidad de Álvaro le aventajó sobre sí mismo. No eran gente que respondiese a una rutina, sino personas cuyo ímpetu podía resultarle familiar. También ellos sabían tomar el camino. Quizá notaron una suerte de vacilación en Ibrahim, como si cambiara el registro del ángulo con que los miraba. Y a partir de ese momento —creían que fue entonces— le notaron fraterno. Alguien que hacía esfuerzos por entrar en su mente, al tiempo que compartía la pulsión de su mundo. En aquel instante dejaron de ser turistas.

De Xauen recordarían —no parece una estampa norteafricana— el brillo del sol en las hojas verdes, claridades del rumor del agua. Aquellas fuentes, en efecto, que parecían salir espontáneas de la piedra, entre los ramajes. Y cuando María intuyó qué significaba Xauen —para ellos al menos—, Álvaro se lo confirmó: el lugar idóneo para tomarse los *tripis* que habían comprado en Algeciras. ¿Mejor la noche, allí bajo el previsible fuego de las estrellas? ¿O sería más conveniente aguardar el día, viajar entre la claridad? María habló en favor de la noche. Probablemente por razones que superaban la estética. Había oído contar —aún no formaba parte de su experiencia— que el ácido acrecienta y maravilla los chispazos del sexo. El orgasmo convertido en volar de águilas. La carne se expande a la par misma de la conciencia, y la feliz sensación de quebrarse en amor se transforma en gama de fulguraciones de calidez cromática. Le dijo a Álvaro que no se debían perder aquella noche. Carlos, que era intelectual, prefería la luz. Y Álvaro, que aparentemente no quería decidir (estaban sentados en una zona agreste, junto a las fuentes), se echó a reír mirando a Ibrahim.

—Cuándo crees que es mejor pasarlo bien. ¿Hoy, mañana?

Las piernas moras del chico, sin apenas vello, rutilaban al sol. Los dientes al sonreír eran muy blancos. Evidentemente se sospechó algo más. Y contestó: «Ahora.» Nunca había probado el ácido, pero conocía el *majoun* muy bien. Decidieron entonces esperar la noche, que ya no tardaría, y tragarse los papeles mágicos. Ibrahim se encargaría de ir a por Coca-colas, los demás se quedarían por allí, desparramados, mirando cómo se avecinaba el crepúsculo. Y entonces Álvaro recordó un poema —creía que era de Nerval— y terminaba así: «*¿Para qué habré venido?*» Estamos aquí, perdidos entre la hierba, y sabemos que avanzamos en una bola de materia enfriándose que, atraída y rechazada por otras masas, corre y se desliza a velocidad absurda por el universo: materia y energía en expansión. ¿Qué hacemos nosotros? ¿Qué quiere decir la insignificancia de nuestros desasosiegos y temores? ¿Qué extraño manantial somos? ¿Y manantial de qué? ¿Qué manamos? La verdad es que Álvaro no sentía tragedia. Quizá porque lo trágico era un fondo del que no podía huir. Se acercó rodando hacia María, que había cerrado los ojos al oírle, y la besó fuertemente, caídos en el suelo vegetal. Carlos sintió los inevitables celos del tercero. «A mí me da igual todo eso —dijo ella, incorporándose un poco—. Me bastaría sólo con que cada día fuese distinto. Si el mundo me deparase cada día una hora nueva, una brizna de euforia, me sentiría feliz.» «Y una chispa de euforia —terció Carlos—, ¿no es el amor?» Álvaro se volvió a reír. Sería bonito poner todo esto en un poema. Contando la sensación de desperezarse escribiendo el anhelo que no sabes muy bien dónde va, despierto de soles, como si uno pudiera bañarse en el sol y notar que la luz da frescor. «Alucino, ¿no?» Volvió a besar a María. «¿Y no hemos venido aquí a alucinar?» El cielo —rojo ya— empezaba a deslizarse hacia una sombra violeta. Entonces, en aquella primera penumbra, vieron que Ibrahim volvía.

Se tragaron los *tripis* con las Coca-colas casi calientes. Y se quedaron aguardando. Pese a la idea de vacío universal que Álvaro había comentado, todo parecía lleno. El aire, cada vez más tibio, traía una sensación y un claro deseo de beatitud. Álvaro, alborotado el pelo, se había vuelto a quedar junto a María. Ibrahim los miraba sonriendo. Todo era calma, sosiego, rumor acuático. Luego se hizo la noche, casi de repente. Y mientras la luna fulguraba y seguía oyéndose el agua, se veían resplandores de casas iluminadas, y empezaron a oír —además— un runrún que terminarían atribuyendo al sueño. A la ignición de algo que tenía que ver con íntimas y remotas regiones de cada uno. Carlos contó que sintió como si el cuerpo le creciese, como si su yo, no desbaratado de la carne, tratase de alcanzar lo más alto, hacia lo celeste. Y ese movimiento de crecer era una extensión de gozo que iba unida a una blanquización de cuanto le rodeaba. Le parecía —vio— que se constelaba todo de una luz blanca que, paradójicamente, no amenguaba la oscuridad ni los otros colores. Y mientras esa luz posesionadora se iba llenando de pequeños seres vivos, de diminutas titilaciones que implicaban bienestar, comprobó que andaba sin rumbo entre los árboles y que miraba a la luna, abstrayéndose, fascinado, como un primitivo sacerdote de su culto. ¿Cuánto tiempo había transcurrido, paseando entre el blancor, crecido como un gran gigante que recogiera estrellas —pequeñas hogueras amables— cuando miró por vez primera hacia sus compañeros? Sabía que se trataba del tiempo inmenso y que había estado muy lejos. En el suelo, semidesnudos, Álvaro y María hacían el amor pausadamente, como si fuese una película tomada a cámara lenta. Y él susurraba una larga historia, mientras ella gritaba bajito y él le apretaba los senos. Estaban también envueltos en una luz blanca. Y semejaban hermosos, sí, ¡qué hermosos eran! El cuerpo de él plegándose sobre la dulce blancura dorada de la muchacha... Carlos tuvo ganas de hablarles, de animarles todavía en su placer. Pero ¡era tan alto!... ¿Cómo abajarse hasta ellos, hasta la tierra misma, si estaba allí, en el rastro luminoso de las estrellas, entre caudas de una luz plateada que tenía música? ¿Cómo podría? La imposibilidad no debía ser motivo de inquietud. No podía aproximarse, pero entendía la plática de sus cuerpos felices: hablaban una especie de cántico. Y esa albura, que no les quitaba color en medio de la noche, los volvía fulgurantes. Sintió cómo el pene entraba atrevidamente en la vagina: un paseo por la gruta iluminada. Lo comparó —ignorando el símbolo— a un pez resbalando en un mar de sol, y creyó que también le gustaría poseer. (O tal vez ser poseído.) Se le cruzó otra sensación: vegetación azul de una estrella. Y luego vio a Ibrahim, al otro lado de la pareja, más allá, masturbándose. Le dio miedo la fuerza que podría tener la eyaculación. Pero ¡qué importaba! ¡Estaba tan lejos!... Veía que el Universo venía a integrarse a su cuerpo, y por un momento notó convertirse en forma de alguna Vía Láctea. Más tarde, entre aquella música de fondo, oyó un grito alto que no tenía color blanco. Y siguió caminando, como de huida. Al amanecer se adormiló junto a unos árboles, y cuando volvió a andar —cansado y con la mente muy abierta aún, como si los colores rebrillasen más—, se dedicó a buscar a sus compañeros. Se hallaron todos por las callejitas de Xauen, entre gente que los miraba con algo parecido a la curiosidad benévola. María, con el aspecto sucio de los demás, tenía una cara singularmente pálida. Parecía apoyarse, casi sin quererlo, alada, en el hombro de Álvaro. Luego les contó que después de un rato —no explicitó cuán largo había sido— le sentó mal el viaje. Comenzó a sentir una angustia profunda, una especie de premonición de muerte y tuvo que gritar. Sabía que había chillado y que Álvaro (aunque le atendía) pareció burlarse de los alaridos. Según él, no la vio mal jamás, la miraba muy guapa, tumbada, con un brillo verde traspasándole los ojos. Dijo: «...como si hubiese tragado esmeraldas». Y Carlos narró lo del omnipresente color blanco, su continua sinfonía. Entonces no se atrevió a declararles que se había sentido —además— poseído y tocado por su furia de sexo. Sólo Ibrahim decía haberlo pasado muy bien, y miraba a María, aunque ella evitaba claramente las miradas. Tenían la cabeza algodonosa, la mirada ardiente —cansancio total—, la sensación de que algo había sucedido.

Pasaron por Tánger y partieron de allí a Casablanca. De repente —a medida que el calor solar, como la melena de un león, iba tornándose más opresor y tórrido— empezaron a creer que habían perdido la meta del viaje. María había vuelto a sentir la cordial lejanía de Álvaro. Y Carlos preguntó:

—¿Por qué tenemos necesidad de movernos? ¿Por qué cambiamos?

Hay una inquietud metida siempre en el corazón del hombre. Un desacomodo permanente. Ves el viaje como un ideal, como una sucesión de venturas luminosas, pero de golpe, cumpliendo la ruta, o una noche, sin previo aviso, surge la interrogación: ¿qué hago yo aquí? En realidad nada quiero, y veo resbalar el mundo, estúpidamente ajeno, como agua sobre papel de plata. La agitación interior —pensaron— la autodisconformidad, acaso pueda ser el mal del siglo, o lo haya sido, pertinaz, de los siglos todos. El vacío y su sombra, que vive en nosotros.

Y pasaban por tierras pardas de mucha extensión, o pequeñas zonas de regadío, con acequias, en las que bebían pollinos beatos y se mojaban los pies, agradecidos, campesinos de barba rala que solían tener los dientes oscuros y rotos. Los dominaba la sensación de que no viajaban hacia ninguna parte. Se habían propuesto llegar a Marrakech, y a Fez después, al regreso. Pero se sentían como fuera del tiempo. Álvaro —el coche zumbaba de calor— le había dado la razón a Carlos, agregando que era absurdo no vivir permanentemente en la alegría. ¿Era posible? ¿Eran felices los cretinos que dormitan y pululan en los despachos, y rellenando y controlando papeles se figuran arreglar o ayudar al mundo? Y le preguntó a Ibrahim, que escuchaba atento (los padres vieron muy bien que acompañase como guía a los turistas), qué era aquello para él, qué entendía por ser dichoso. El chico no reaccionó de entrada, sonreía, parecía no atreverse. Pero concluyó diciendo que esperaba llegar a tener una mujer y casarse. Sonó a respuesta convencional que no desdecía la verdad. Luego, de repente, como habiendo recobrado el uso de palabras vedadas, se tocó suavemente la entrepierna y le dijo a María (que llevaba pantalones cortos) sin dejar de sonreír: «Quiero que tú te acuestes conmigo.» Ella no pudo enfadarse y Álvaro se echó a reír también. ¿No era eso la felicidad, resumiendo cuentas, siempre?

Cuando llegaron a un hotel de Marrakech que les aconsejaron en Tánger, parecían deshidratados. Pidieron agua mineral en el bar, y bebieron de la botella sin detenerse. El calor de la ruta —aquel viento seco como pelaje de camello— les había dejado exhaustos. Y ahí, en una esquina de la corta barra, vieron sentado a un hombre maduro, ligeramente calvo, de aspecto muy plácido, que se dirigió a ellos —al oírlos— en español. Vivía allí desde la época del Protectorado francés y ya había hecho —dijo— los suficientes negocios como para vivir tranquilo. Era catalán y hablaba con un indefinido acento gangoso, como si tuviese permanentemente ensalivado el paladar.

—En Marrakech parece que no existe el tiempo. ¿Sabéis? —Bebía whisky muy aguado—. Parece que todo se diluye en el aire. Y notas que la vida, con ese aire, te va sosegando. Claro que no será sosiego lo que busquéis vosotros, pero cuando en tu vida ha habido tantos sobresaltos y tantas personas, cuando te has dado cuenta (como suena) que la bondad no existe y probablemente la verdad tampoco, tu deseo mayor es sentarte en una terraza, en el crepúsculo, y ver cómo se diluye todo en un color anaranjado y rojizo... Que todo se deshace. Y la gente que pasa por delante, y los cantos llorones desde los minaretes, todo parece tan ajeno, tan distinto, que esa diferencia (y su distancia) te da tranquilidad. Marrakech es perfecta para ello. Ciudad de disolución, en la que todo debe desplomarse blandamente, como un terrón blanco en la oscuridad del café. —Bebió más whisky—. Sí, desplomarse maravillosamente como un cuerpo cargado. Eso es Marrakech: tiempo detenido y cuerpo caliente. Un magma en que puede (y ocurre) olvidarse y desprestigiarse el mundo...

Luego añadió que —si aceptaban— tenía mucho gusto en invitarlos a cenar. Y quedaron para la noche, dos o tres horas más tarde. A Carlos y a Álvaro los intrigó Baltasar (que así se llamaba el escéptico caballero). ¿No era una excelente entrada en Marrakech? María, sin demasiadas razones, no estuvo de acuerdo. Fue una cena larga, en el pequeño jardín trasero del hotel. Sin que el aire hubiese dejado de ser caliente. Álvaro recordó que alguien había escrito: «No se puede ser desgraciado bajo las palmeras.» Baltasar —que se centró primero en anécdotas triviales de su vida— decía que el whisky aliviaba la presión de las arterias. Carlos le preguntó más por la época de la colonia, los extranjeros ricos que se ocultaban tras las murallas ocres de Marrakech. Y Álvaro quiso saber qué se sentía cuando era mucha la experiencia. ¿Desplomarse no implicaba placer? Hablaron de fiestas famosas que había habido en la ciudad. De un jardín gigantesco, cerca del palmeral, iluminado todo de antorchas. Y de bailarinas de las montañas del Atlas traídas expresamente para aquel festejo. De un traficante de heroína que había raptado a una adolescente en Argelia y la había llevado a Marrakech. Gente que tenía mucho dinero y podía comprar cualquier cosa. Aquel pintor inglés, aristócrata retirado de su ámbito, que tenía un palacio antiguo lleno de servidores, jóvenes todos. Sí, era verdad que habían ocurrido allí muchas cosas. Pero paseando una mañana por el zoco, por la acre zona de los teñidores que parecían dar el color de la ciudad, ¡qué tremendamente lejos quedaba el mundo! «Sentiréis —dijo Baltasar— que Marrakech es una ciudad pagana, una ciudad de la carne.» Logró cautivarlos. Les hablaba de un universo real, de cosas que estaban a la vista, pero también de un secreto, de algo —otra realidad— que tendrían que sentir. Quizá notó que eso eran, viajeros del sentimiento, buscadores a corazón quemado. Cuando terminó la cena (no quedaba nadie en el jardín) percibieron, entre las palmas, una ocultísima veta de frescor, profunda, muy al fondo, en el apabullante calor del aire. Estaba empezando a refrescar.

A pesar de lo que el caballero les aconsejase, María fue incapaz de levantarse temprano. Argumentó que le pesaba la cabeza. El vino tinto de la noche no resultaba llevadero con el calor, debía de ser eso. Álvaro, Ibrahim y Carlos marcharon hacia los palmerales. Y era verdad lo que dijera el hombre cansado: el amanecer, como el trino de muchos pájaros raros, se parecía a la vida. Todo aparentaba ser nuevo, como si de aquella primera luz refrescante hubiese llovido agua limpia. Tenían sonar acuático las voces. Los colores —vivísimos colores del sur— parecían recién pintados, puros. Y el verde sobre todo semejaba triunfar más alto. Como si fuera un pájaro con la garganta mejor dotada. Había —en la tierra naranja— camellos de andar lento, burros de aire sucio, mujeres con tatuajes en el rostro y muchos aros y campanilleo de pulseras. Arandelas de peso en los tobillos y aquellas manos (vistas a menudo) teñidas de alheña. Un país encantado en el que todo era olor a especias. Baltasar les había dicho que debían ver el palmeral con el nacer del día. Las jaimas oreándose, al ágil movimiento gritador de las mujeres, el perfume del té. Y muchos muchachos —sólo muchachos— jugueteando en el agua verdosa y apetecible bajo las palmas.

Álvaro, mientras deambulaban por allí, creando cuchicheos y abriendo sonrisas, se acordó de una historia del dios Pan. La había leído en algún lugar o se la había contado el profesor Ortín. Ocurría en el siglo IV, cuando el cristianismo iba royendo el viejo laurel pagano. En las costas de Sicilia —quizá un día de temblor de tierra— una tarde en que el aire semejaba haberse detenido, en un instante en que pareció no avanzar el tiempo, y los pájaros callaban y no sonaron las olas (y sin embargo brillaba un sol membrilloso de oro), los pescadores que estaban en el puerto, en medio de aquel vacío silencio, gritaron: «¡El dios Pan ha muerto!» Era una anécdota extraña, la historia inicial de un presentimiento que duró siglos: la ausencia de los dioses de la Tierra. Álvaro imaginaba la tarde siciliana de la fuga de Pan como un cuadro fulvo. Un aire de fulgor detenido. Y se puso a recordarlo, con complacencia, porque sentía que Pan estaba ahí, entre la gente bajo las palmeras. Notaba que los instintos estaban al acecho, que la vida se expandía como el aroma de las flores, como el esplendor que desplegaban al amanecer. El propio Ibrahim parecía estar encandilado por aquel ámbito de fábula. Y así no supieron cómo pasó el tiempo. Simplemente volvieron a sentir calor. Miraron arriba y vieron que un sol gigantesco llenaba el cielo. Y el hervor de la gente que vivía el oasis cedió, como si las hormigas y las abejas se escondieran.

Marrakech no era visible en el centro del día. Se guarecieron en el hotel, tras recorrer, de camino, los zocos y la plaza bullidora, con la música insólita de las gramolas de los tenderetes y los encantadores de serpientes. Fue esa tarde incandescente cuando María —se lo contó luego a Carlos— sintió el deseo de ver a Ibrahim desnudo. Le pidió que la ayudase a llevar algo (reposaban los demás adormilados en la penumbra) y le condujo al baño. El muchacho comprendió en seguida de qué se trataba y lo encontró lógico. Hicieron el amor bajo la ducha. Nunca había sentido

María aquella fuerza, el dulce arrebato de un vigor que sólo desea expansión, ruptura. Entendió —entre las elementales voluptuosidades de aquel chico que no conocía el rubor— que existe un gozo que va más allá de la inteligencia. No sabía si contárselo a Álvaro. Lo hizo finalmente otro día cuando, atardeciendo, andaban como siempre perdidos por las callejas, rumbo a Xmaa El Fna, guiados sólo por las torres de los minaretes y aquel cielo que se volvía rojo. Y supo, al decírselo, que Álvaro sintió el deseo. Porque —en lugar de enfadarse, o mostrar algún tipo de distancia por lo ocurrido— le pidió detalles del muchacho. «¿Fue ardiente?» Recordaba esa pregunta que a ella, así, le abrió el camino de la explicitud. Hablaron del cuerpo sobre el mapa de Ibrahim. Nunca lo habían hecho. Luego agregaría él: «Pídele que estemos juntos. Los tres juntos. ¿Quieres?»

Fue aquella noche mismo. Creía que Álvaro había escrito sobre ello. (Es un poema que se titula *El arpa nocturna*.) Donde había esperado ardor y borrasca, se encontró ternura. Debió decírselo a Carlos. Las caricias se habían deslizado sobre ellos como se siente el agua al nadar. La piel convertida en perfume. Juntos lentamente, conociendo despacio cada rincón de sus cuerpos, sin violencia ninguna. Por supuesto que habían fumado hachís antes, pero no creía que tuviese nada que ver. Había sido una voluntad sensual, un ansia de amistad suave. Creía —le dijo, concluyendo— que los hombres tenían el privilegio de dejar sobre la piel húmeda muestra de tal satisfacción. Fue una noche muy hermosa. Porque ella no creía —nunca había llegado a creer— que el puro sexo lindara con la dulzura. ¿O acaso también era eso privilegio de los hombres?

Baltasar les había prometido presentarlos a una francesa amiga suya —una señora que fue cercana de los surrealistas— y que tenía un palacete muy cerca del hotel Mamounia. Acudieron una tarde cuando todavía el aire se diría de color gris por el sofoco de la calima. Sin embargo al entrar al jardín —les había abierto, muy inexpresivo, un criado negro— sintieron de golpe el frescor de muchas plantas regadas y del agua cayendo en una pileta de mármol. Había un porche, resguardado por cortinas y estores blancos, y allí, sentada en un sofá de mimbre, con grandes cojines también blancos y rojos, estaba la dama. Maud Lenotre andaría por los setenta y cinco años. Pero —como les había prevenido Baltasar— mantenía un aire impresionante. Alta, rubia casi platino, con bastón y un largo caftán celeste y dorado, se levantó a darles la bienvenida. Tenía mucho dinero porque se había casado (era viuda hacía largo tiempo) con un acaudalado industrial americano, coleccionista de arte, que le dejó siempre moverse y actuar a su capricho. Pero el íntimo prestigio de Maud Lenotre radicaba en su vida juvenil con los surrealistas. Amiga y musa de varios de ellos, había escuchado las confesiones atormentadas de Crevel, en su tiempo final, y posado para Man Ray, que también fue su amante. (Era fácil suponer que Álvaro iba a sentirse muy atraído por el personaje.) Maud les ofreció un refresco, se admiró de la juventud de los visitantes —su mirada me recuerda la mía, muchos años atrás, dijo— y comenzó a preguntar por las preferencias lectoras. Fumaba sin parar, notaron, en una vieja boquilla amarillenta que parecía de hueso tallado o marfil. Hablaron de literatura fantástica, y Maud mencionó a Lovecraft. Estaba hechizada por ese mundo de soterrado terror que venía de fuera: razas poderosas y ajenas. Reinos preteridos, restos de cataclismos galácticos de los que el elegido guarda memoria. A veces soñaba en esas criaturas abisales como un modo de desperezar la rutina. Había creído siempre en la imaginación, y el miedo de los sueños le daba vida. Es decir, veía vivir donde todo era un estallido luminoso. Verdes de ciénaga y oros de imperio y uno mismo violentado o violentando a aquellas razas de seres repugnantes o —quién sabe— quizá hermosos. En el fondo (y se rió alegremente) tenía nostalgia de dragones y caballeros medievales. Y les contó que Man Ray (su amigo Man Ray) había querido hacer una película, allá por el fin de los años treinta, sobre la búsqueda del Grial. Una película de espadachines y sueños: con espadas gigantescas abarrotadas de joyas, como cabujones visigodos... María —que apenas habló— empezó considerando que Maud estaba de veras loca. Aunque en seguida le vino la idea de ser alguna vez así. Quizá porque era bello ver cómo una anciana vivaracha y ligera mantenía en vilo la atención de los jóvenes. Cuando Álvaro le pidió detalles de la vida de los surrealistas, Maud les habló del Montparnasse que había conocido: las largas borracheras, el duro final de las amanecidas, el continuo sueño de la vanguardia, la intolerancia del Papa Breton, y aquella chica Kikí, amante de la vida como todos, desarregladamente reina de la picaresca. «¡Qué lejos queda!», exclamó sin dejar de fumar. Carlos aseveró que ya no había nada parecido. «¿Se debería —aventuró Maud— a que la gente no tenía hoy la misma gana de vivir?»

—Todas las generaciones tienen ganas de vivir —terció Baltasar— y todas se cansan después.

—¡Oh! —gritó ella, desentumeciendo las arruguitas que le coronaban los labios—. Yo no me he cansado. Te juro que no me he cansado.

Todos rieron. Maud tenía otra virtud: extender magia. «Es verdad —comentó Carlos después— que aquella mujer producía ensalmo. —Le había dicho a Álvaro—: Ya verás, querido, irás hablando poco a poco de todos los quimeristas de la imaginación. Irán llegando a ti uno tras otro...» Y él prometió que le enviaría sus poemas, porque ella entendía el español muy bien.

Cuando salieron del jardín brillaban altas las estrellas y no había cesado de fluir, junto al aroma floral, ese olor que llena Marrakech y aglutina sexo, asados, especias y tenerías. Baltasar siempre supo que les iba a gustar Maud, porque pertenecía a la raza de los que quieren vivir absolutamente y ser ellos, enfrentados a la sociedad si ocurre, sin amenazas ni revolución vocinglera. La rebelión del singural, diríamos. Personas que aman sobre todo la libertad, conociendo que, a menudo, socialmente, atraviesa galerías oscuras. La libertad como llama interior activa. Y sueñan un mundo de llamas interiores...

Esa noche, sentados en el café de París, fumando *cannabis*, Álvaro dijo que tenían que hacer algo. ¿Tomar otra vez *tripis*? Allí parecía difícil conseguirlos. Pero sería bonito ir a las montañas, o —mejor aún— pasar una noche en el desierto. Ibrahim (que no había estado nunca) no quería ir al desierto. A María y Carlos les pareció una idea excelente. Había que buscar a alguien que los llevase una noche al desierto. ¿Se lo dirían a Baltasar? ¿O era mejor hablarlo con otro, alguno de esos chicos que obsesivamente miraban y parecían dispuestos a ofrecerse para cualquier aventura? No se dijeron la solución. Hicieron señas —casi de inmediato— a un muchacho que llevaba rato mirándolos desde otra mesa cercana. Quizá los vio liar el *porro*, o su propia mirada sugirió muda esa solución segunda. Era un chico de unos veinte años, de ojos muy oscuros, como si llevase *khol*, y un corto bigotito negro. Les dijo que se llamaba Kamel, y naturalmente se ofreció a guiarlos en un recorrido monumental. «No —rió Álvaro—, lo que queremos es que nos digas quién podría llevarnos al desierto. ¿Conoces a alguien?

Ocurrió igual que con Ibrahim. Era el modo normal de situarse en Marruecos. El primer contacto con la gente es tópico, sonriente, aprovechado, siempre dispuesto a la mera consecución del dirham. Pero si se traspasa esa barrera, se hunde la mano en una esponja caliente. La sonrisa deviene camaradería y brota la posibilidad de un viejo lazo humano, como si recorriésemos tiempos primitivos, como si en una caravana tribal un vecino necesitase agua, y toda la fraternidad se resumiese en el odre dispuesto. Tras su inicial sorpresa, Kamel empezó a tratarlos con un habla distinta. El amigo de un tío suyo —arguyó— tenía una camioneta apropiada. Un coche viejo todo terreno, muy resistente. Y él podría llevarlos —él mismo, sí— al sur de Tan-Tan. Pero no le supieron explicar por qué querían ir al desierto. Sabían que significaba algo y era eso lo que buscaban encontrar. Bien que sea un porqué muy diferente para el árabe, que siente por el desierto la desafección y el llamado que provoca una madre severa. Carlos contó el caso de un amigo de su padre. Era un señor italiano, noble de Venecia, que luchó en la segunda guerra mundial con las tropas aliadas en el norte de África. La experiencia y seducción del desierto habían sido tan fuertes para él (con algo de atroz y de místico) que aún ahora, tantos años después, necesitaba irse de cuando en cuando, solo, unas semanas, a los oasis del sur, en Tunicia. Kamel, sin inmutarse, dijo que un señor así (volvía con los labios agrietados y escoriado el rostro) con toda certeza estaba loco.

En realidad casi todo el sur de Marruecos es desierto o su más precisa antesala. Pero el desierto propiamente dicho, con su infinitud y su silencio sabroso a viento, empieza poco después de Tan-Tan, a partir de unos fuertes del ejército que construyeron los franceses. Quizá la magia del desierto sea la de una nada vuelta carne. La tierra pelada y pedregosa, los matojos que, como de improviso, dejan de existir y una luz (era verano) diamantina y calcinadora. Se diría que la corteza se ha transformado en yunque y que ese sol bello y total es un martillo que golpea en medio de un aire transparente, cálido, como si ocurriese todo dentro de una geoda blanca, en horno. La luz del desierto tiene —quizá— la insoportable belleza de los ángeles. Se produce un deslumbramiento, una llamada de oro (oro líquido) y de repente todo te agobia y exalta. Se siente uno muerto ante la llanura, agotado por el insobornable calor y con la sensación de que debe ocurrirte algo. Habían salido de Tan-Tan (tras pasar la noche en un fonducho) antes de amanecer. Querían ver el mediodía en el desierto —sólo verlo— y después regresar de noche. Llevaban muchas botellas de agua, y las gastaron todas. E iban cubiertos (como les habían dicho) de pies a cabeza. Podía ser sólo una intuición, pero semejaba una droga dura. Carlos nunca supo bien qué decir, y creyó que esa falta de trabazón de ideas era desinterés. María, con una ligera opresión en los ojos, se sintió varias veces enferma. Pero Álvaro (pese al tremendo sudor y la sensación de estufa cerrada) notó extraños deseos. Como la luz era tan transparente y pura se podía anhelar un baño de luz: desnudarse y correr entre el fuego, como si fuese cristal. El delirio del sol —dijo— debía parecerse al pasaje a ultratumba. Era el sol del *Libro de los muertos*. Le brillaban los ojos. Y aunque todos le hallaron especialmente exaltado, siempre con aquel llamado a las situaciones límite, le pidieron volver. El coche quemaba como una brasa, y avanzar (o andar) más hubiera resultado desatino. Finalizarían la experiencia —prometieron— tomando mermelada de *majoun* allí, por la noche. Amaneciendo tornarían a Tan-Tan.

Habían leído y escuchado que, al hacerse de noche, el desierto es frío. Pero es algo extraño, una vez más. Al principio no se nota, incluso se compara el cambio, agradecido, con el calor oprobioso del día. Y de repente se empieza a sentir un desasosiego, un temblor por las venas, un vértigo como de ácido disuelto en humo helado, y el frío —seco y recio— te estremece. Comieron el *majoun* (poco) antes de salir del auto (el movimiento bajo el sol, pese a la siesta, les había agotado) y esperaron que la droga les diese calor. El cielo era alto, de un azul muy oscuro y profundo, y nunca —nunca en verdad— vieron tantas estrellas. Eran diamantes, joyas que centelleaban en los escotes de una gran fiesta. Antorchas —otras— cuya luz ígnea se alargaba como cabellera encendida a lo largo de la negrura. ¡Qué sensación de abismo en medio del intenso frío! ¡Qué ansia de tirarse al fondo de aquel cielo —semejaba posible— en busca de un reino inverosímil de torres con buitres y canciones parsis! Y se miraban temblar los unos a los otros. Y notaban que los ojos les quemaban por la embriaguez, y querían irse, pero no podían, sentados junto a piedras deshechas, arropados, guarecidos en las mantas, y casi con el mismo temblor, de sacudidas cortas, que produce la malaria. ¿No se hubiese dicho que estaban locos, sentados alrededor de una pequeña hoguera, lejos la sombra del coche, allí todos, como azogados, con un estupor de galaxia en la mente y el frío aquel dominador, insólito, en crecida?

Álvaro y María —sin decírselo— pensaron que habían tomado algún veneno y que iban a morir. Lo sentían en las fuertes y arrítmicas palpitaciones del corazón. Anunciaban una quiebra, una parada súbita a causa de aquel frío que los hacía sudar por dentro. Pues una especie de goterón cálido (pero no calórico) les recorría la espalda, incesante, como mana el agua de un filtro antiguo, y aquellas luminarias apocalípticas (¿no crecían, no se acercaban?) eran heraldos de la muerte. Estrellas-emisarios de la Muerte, helor imparable que se parece a Ella, y la sonrisilla tétrica de Kamel, acuclillado al lado de Ibrahim, satisfechos y anonadados por la inminente explosión del mundo. Parecía ahora que el desierto nunca hubiese sido sol; era un oscuro y frígido territorio de muerte sobre el que se libraba una submarina batalla galáctica, cuyo fuego podía tocarnos, debía alcanzarnos —¡oh dichosa ventura!— en cualquier instante. Contaminarnos de llama para desintegrarse en la alegría: muertos de frío y de fuego, presas de los chacales... Con sol fuerte, de vuelta a casa como una caravana de enfermos, sudorosos, exhaustos, sin motivo alguno, temblaban. El desierto era el brillo y el hielo de la laguna Estigia: hielo y brillo.

El final, de noche casi otra vez, ocurrió en Marrakech, al tirarse al agua de una pequeña piscina que su hotel compartía con otro más pequeño al lado. Agua, cálida y clorada, como retorno, súbito retorno, a la misteriosa brevedad de la vida. ¿Qué dice el mundo y dejamos de entender? ¿Qué escapa, además de cuanto escapa, a nuestros sentidos?

Carlos les diría después que Fez se parecía a Ávila, en musulmán. Es, en efecto, una ciudad amurallada, sólidamente enmurada, y se entra por aquellas puertas de piedra con una sensación de tiempo ido. Pues ocurre además que Fez (quizá más cerradamente que Marrakech) tiene algo de ciudad arcaica, medieval, que no te acecha o embruja —como al sur—, sino que está allí estática, presente, soportando tantos siglos, que se hace imposible su destrucción. Fez fue etapa de muchos paseos (aquel zoco laberíntico y gigante) con la incontenible presencia del miedo. ¿Por qué creían, casi repentinamente, que aquella gente oscura, simpática habitualmente a su modo, iba a hacerles algo? ¿Por qué parecían todas —incluso en la sonrisa— miradas de violencia y saqueo? El miedo en Fez llegó a ser una neurosis. Álvaro —cierta mañana que volvía al hotel, tras pasear solo y buscar hachís— se creyó perdido de improviso en la retícula de callejuelas. Le era imposible rehacer la ruta, y le atrapó el miedo. Entonces se acercó a un muchacho que no iba vestido de chilaba o fuquía, y le ofreció unos dirhams si le conducía, abreviando, al hotel que dijo. El chico aceptó y Álvaro se sintió aterrado al aventurarse, siguiéndole, por callecitas transversales, más estrechas aún, de cuyas puertas y ventanucos salían canciones y voces de mujeres, y olor a sofocante puchero, abundante en clavo. El olor era de sensualidad mareante. Y para colmo, niños astrosos jugueteaban y comían sandía en los reducidos espacios, bajo los ajimeces, y, al ver pasar al occidental amedrentado, lanzaban chillidos ripiosos, arrojándole una cáscara verde, que Álvaro hizo que no vio, pero que sintió como una amenaza, en el pie. Algún día podría llegar a creer que amaba todo aquello, incluso que le habría gustado ser uno de esos niños. Pero entonces estaba horrorizado: nada entendía ni quería entender. Y sin que se diera cuenta, el muchacho que iba delante se volvió y dijo que su hotel estaba allí, doblando la esquina, y al tiempo que hablaba le guiñó un ojo. Y tomándole de la mano sin dejar de sonreír —Álvaro, aún estupefacto, le había dado los dirhams prometidos—, le llevó a un portón cercano, una casa entre otras que debía de conocer bien, y que tras una escalera llena de mugre, en la sombra, olía a trapos, a orín y a cordero. Allí se desabrochó el pantalón y le hizo lo mismo a Álvaro. Era un sexo grande, de inmediato erecto, con señas de una circuncisión no muy lejana. Besó a nuestro amigo, manoseándose su propio turgente sexo, mientras aquél sentía ansia y repulsión, deseo e impotencia. Fue entonces (pasó muy breve tiempo) cuando Álvaro notó que un líquido abundante, caliente y pastoso —un perfume de flor de algarrobo— le manchaba el estómago. «¿Me das un paquete de cigarrillos?», añadió el muchachillo en francés. Y el otro le tendió la cajetilla sin decir palabra, anonadado. El morito la tomó —quizá nunca había dejado de sonreír— y se largó corriendo. Y Álvaro (que se abstuvo de contar esta parte del lance a los demás) se quitó la mancha con los dedos, y salió aturdido, absorto, abstracto, atemorizado (acaso ahí sin miedo) preso de algo —en medio del estupor— que podría llamar, ¿por qué no?, deleitosa vergüenza.

Tal vez aquella misma noche —cuando Ibrahim fue a buscar kif— María dijo que estaba cansada de Marruecos: la omnipresencia del calor, el aroma denso que lo envolvía todo, la sensación de que el cuerpo no tiene posibilidad de descanso, incluso el rechazo con que los hostigaba el medio. Porque el Islam rechaza, y de ahí debía surgir el miedo. No exactamente de las pobres callejas medievales, sino de la exclusión. Como la mañana que fueron al santuario del morabito, pariente pretendido del Profeta. Imposible cruzar las barreras, imposible entrar, imposible cualquier mirada para el no creyente. Y las moscas zumbando y haciendo colmena voraz en los puestos de turrones y dulcerías. Marruecos podía ser agobiante, como los insectos negruzcos y el sabor abrumador del azúcar. Carlos calló, y Álvaro, aunque sintió deseos de replicar, ansias de llevarle la contraria, notó que le fallaba el ánimo. Quizá necesitaba sentirse libre para volver otra vez a la opresión, si —como conviene creer— toda pasión es opresiva. A Álvaro le movían las pasiones. Pero ¿es la pasión algo inalterable? ¿Carece de facetas o reflejos? Fez pasaba por encima de todos como un velo negro no exento de chispas. Velo de bailarina, saturado con esencias adensadas de noche y gineceo. Como el ala de un pájaro que no tuviese nombre y hablase un idioma bizarro, una lengua con sabor a humo de hachís. Habían adelgazado, se sentían impelidos hacia un fondo que desconocían. Carlos con ansias inciertas de poseer el futuro. María, sabiendo que Álvaro —que nunca sería un compañero estable— le abría una puerta a sí misma, pero también esa otra sensación de agobio, de densidad opresiva y de haberse perdido. Aquella noche en Fez (Ibrahim los llevó a ver unas reidoras mujeres del Atlas que leían el porvenir en tabas de cordero) supieron que había concluido el viaje. Aunque es verdad que aún hubo dos extrañas experiencias de infinito: aquel día en que llegaron corriendo a la playa de Tánger —al fin volviendo al mar—, hundiéndose en el agua fresca como si fuese placenta. Es verdad que no querían salir, que se zambullían y volvían a ascender de continuo, embriagados, y que el agua parecía de un verde esencial, un verde innominado y puro, igual que el azul de turquesa que resplandecía en el cielo como un mineral vivo. ¿Qué significaba aquel momento precioso, casi colectivo, de vida sin duración, detenida? Álvaro había creído sentir la inmensidad —la propia inmensidad de su ser de tierra— al recorrer un mediodía ardiente las ruinas romanas de Volubilis, saliendo de Meknés. Entre las columnas aisladas sintió un profundo vértigo de infinitud, y aquella embriaguez, aquel báquico sentirse parte de la materia, del aliento telúrico, tanta tensión de gloria honda, que apenas pudo decirlo a sus amigos de retorno a la carretera asfixiadora. Necesitaron llegar a la playa —lo necesitó él— para saber que se había convertido en líquido candente, en fuerza de venero acuático en las ruinas, como si al final debiera haber un deslumbramiento. El fuego quemando la flor. Llegarían a Tánger, a la playa. Era como el inicio de un sueño y estaban contentos. Pero ¿quién mantendría el fuego? ¿Quién? ¿Quién hallaría la piedra angular, la aguda solidez de la resistencia?

Llegaban a Tánger. Álvaro había escrito un poema que concluía diciendo: «*Y aunque el miedo a la vida guía a los pescadores / el antiguo dios aúlla aún en el barco...*»

III

Estábamos —aquel octubre— al borde de los diecinueve años. Segundo de Filosofía. He oído decir a María y a otras amigas —más afanosamente a Claire— que Álvaro nunca fue más guapo que entonces, con su largo pelo oscuro. Sé que es ridículo, pero me ruboriza hablar de Álvaro en términos de guapura. Y sin embargo lo he dicho, y era cierto. Los ojos negriazules de Álvaro, la extraña y lejana mirada con que te escrutaba (él hacía broma diciendo que venía de otros mundos), la frágil solidez de sus labios, contribuían a hacerlo muy atractivo. Pero entonces, además, el cuerpo, sin dejar de ser alongado, ofrecía una tensión y consistencia, una hechura —aunque fuese muy juvenil— que lo volvía más atrayente. Y empiezo constatando esto porque creo que las chicas se pusieron en seguida celosas. Y no, no es tan raro que las alumnas se sientan raptadas —como prendados los alumnos— por la profesora. Jimena Mateos era una mujer enormemente seductora. Es verdad que no era joven —acababa de sobrepasar los cincuenta años—, pero era delgada, ágil, cetrina, con el cabello siempre recogido atrás en un moño que lo atirantaba, y un mirar —como el de Álvaro— tan llameante e inquieto, que rápidamente se percibía la chispa. Vestía sobria y desgalichada, con botas y pantalones a veces, que revelaban un cuerpo terso, vital, nada ajado. Jimena era profesora de literatura francesa —la optativa que escogimos Álvaro, María y yo— y nos encandiló al instante. ¿Por qué tan fácilmente? Desde luego porque tenía decisión. Porque hablaba con valentía. Porque semejaba una mujer llena de coraje, y esa fuerza, esa intrepidez delicada, su saber manejar el timón, su aura de dama dura, avezada a la liza, destilaba de ella y te llegaba, sugeridora, vivísima, como un perfume que se quema. Poseía Jimena el encanto de las amazonas: una mujer a la que nunca han tocado los hombres o más precisamente, que no los ha necesitado. Con los ojos levemente saltones, la boca fresca, el andar rápido, y un fulgor de humo de tabaco que la encerraba y nimbaba, era imagen en la que se cruzaban reciedumbre y finura. Sin necesidad de hablar —pero hablaba y bien— Jimena traspasaba energía. De modo igual, cuando explicaba un autor lo vivificaba. Apostaba por todo lo moderno, por todo lo nuevo. Le gustaba ser osada, y se reía benévolamente de los alumnos a quienes tal osadía sorprendía o paralizaba. Oí decir —ya en aquellos días primeros— que Jimena había estado un corto tiempo en la cárcel por asuntos políticos, a fines de los sesenta. Luego supimos que estaba casada —y separada— y que tenía un hijo. El marido era un profesor de árabe de buena planta aviejada y torpe andar. Parecía un universitario del montón —aunque acaso sea injusto con él— con barbita y lentes. Comprendimos que no siguieran juntos.

Puesto que nos atraía —aunque tardamos algo en decírnoslo con claridad—, empezamos a hablar con ella. Temimos —como todos los alumnos temen— que nos tendría en poco, que sólo formal o profesionalmente se interesaría en nosotros. Temimos que nos despreciara. Pero fue al contrario: Jimena se mostró afable con nuestras preguntas, y cuando entraba en clase —siempre dinámica, el paso decidido— nos dirigía una corta sonrisa. Recuerdo su clase sobre Villon. ¡Qué bien leía las baladas, con su insistente *ritornelo*! «Villon —nos dijo—, escolar pobre, estaba enamorado de la vida. Y amó tanto vivir aquel personaje de quien nada sabíamos desde los treinta y dos años, que se enfangó de realidad, como en un vértigo. Vivir fue para él un poema (frecuentemente duro), jamás una rutina. Anduvo con putas, con golfos, con malhechores, como Rimbaud, quizá. Un hombre joven como Villon (recuerdo que terminó tras otra parte literaria, formal) debía seducir y dar miedo. Si es que el miedo no es siempre otra seducción.»

En segundo empezamos a faltar mucho a la Facultad. La mayoría de los profesores nos parecían tediosos y mezquinos. Gente a la caza necesaria del condumio. Con familia y niños. (Recuerdo a uno que gritó, en una discusión: «¡He tenido que comer mucha bazofia para llegar aquí!») Mal podían enseñarnos, si no podían seducirnos. Pero a la clase de Jimena Mateos —como a la de Ortín, antes— no faltábamos nunca. Era verdad: soñábamos que fuese cómplice nuestra. Los tres nos habíamos enamorado de ella. Lo dijimos un día —ya entrado noviembre—. «¿Te gusta Jimena? —preguntó Álvaro—. Digo como mujer, naturalmente.» Y yo dudé, pero contesté que me encantaba. Dudé porque era una mujer mayor, aunque tan pocas cosas permitieran suponerlo. Álvaro pareció tranquilizarse con mi respuesta. Me dijo que se sorprendía pensando en ella. «Resulta raro que te guste, ¿no?», advertí. Y entonces María dijo que no, y trazó no sé qué teoría sobre la pluralidad y facilidad del amor —que sonaba a cursi— porque ella se veía imitar a Jimena: sus gestos ágiles, su tono de voz, su manera de mirar, traspasando, vivazmente, con aquellos ojos acuosos y un poco melancólicos. Decíamos —en plan escritor— que eran los ojos de quien ha vivido mucho. María confesó que cuando estudiaba literatura francesa, en su casa, se iba con frecuencia al espejo del comedor, y empezaba a explicarse el asunto como si fuese la propia Jimena haciéndolo. Convinimos —los chicos— en que la profesora nos atraía, aun sabiendo que era una sexualidad docente. Era la dama fuerte, la madre-amante, un ser hacia el que uno ha de dirigir, inevitable, el mirar. Hacia el que se siente respeto y reverencia, aunque también vibración de la carne. Tal vez nunca hubiéramos pasado de ahí. Pero un día, en una librería, escarbando en los anaqueles (hermosa afición de nuestra adolescencia), Álvaro vino a mí escondiendo algo con un brillo malicioso en los ojos, el pelo largo rodeándole el cuello y un leve temblor al caminar. Venía hacia donde yo estaba, sin duda con un descubrimiento.

El libro se había publicado hacía un par de años y se titulaba *Didáctica y delicia (Damas francesas del* XVIII*).* Su autora: Jimena Mateos. Una foto donde ella miraba al contemplador con serenidad, sentada en lo que parecía un despacho en desorden, cercioró que no nos equivocábamos, era Jimena misma. El libro (que compramos) nos produjo una semana extraña, porque ella nunca había mencionado obras suyas y tuvimos un infantil pudor en hablarle de él. Eran estudios sobre escritoras y cortesanas ilustradas, con un ensayo introductorio muy vivo sobre la *voluptas* como ideal noble de vida *—la joie de vivre—* y otro gran ensayo, el más largo de todos, sobre madame Du Deffand: *Una libertina juiciosa.* Era un libro erudito, con muchos apuntes vitales y cierto regusto por salpicar de reflexión la página. Pienso ahora que nunca fuimos tan adolescentes como en ese momento. La fuerza de Jimena casi nos había paralizado. Éramos —diría— como conejitos asomando la cabeza tímidamente de la madriguera. Álvaro, que era atrevido, activo, provocador, que llevaba tras de sí la mirada de alumnos y profesores cuando recorría los pasillos de la Facultad (porque era guapo y retador y se le notaba el desafío), estuvo circunspectamente comedido en el asunto de Jimena, le hablaba con lejano y atildado respeto. Y hasta tuvo la debilidad —recuerdo— de subrayar una frase del libro: «La marquesa, vieja e inteligente, aún tuvo arrestos para enamorarse con pasión de un guapo caballerete inglés, el romántico Horace Walpole.» Hasta ridículo me pareció preguntarle por qué había destacado esa frase. Fue pocos días antes del encuentro —pensemos que fortuito— que puso fin a la tensa, zozobrante espera. Más que yo (de modo diferente al mío), Álvaro se había enamorado de la profesora. También me confesaría más tarde: «Quise hacerlo.» Como si dijese que se había vuelto voluntariamente tímido.

Era el inicio de las vacaciones de Navidad y caminábamos rumbo a Moncloa (María Basturiz, Álvaro y yo nos habíamos vuelto inseparables), cuando un coche se detuvo al par de nuestra marcha mientras hacía sonar delicadamente el claxon:

—¿Os puedo acercar a alguna parte?

Ésa fue de seguro la primera expresión no profesoral que oímos de Jimena. Iba sola en el auto, y llevaba un abrigo de aire muy vulgar, un abrigo muy ancho, y un gorrito de lana. Ella llevaba siempre ropas anchas, y aunque no vestía bien —analizada con ojos de modisto—, en su porte resultaban atractivas tales ajadas anchuras. Dudamos. La timidez volvía a dar saltos de ardillita en nosotros, hasta que de repente María le dijo que íbamos a Argüelles. Pero resultó Jimena —mujer chispeante y desinhibida, parecía mucho más joven— quien tomó el rumbo de la conversación. Con gran soltura y aire intrascendente preguntó quién era amigo de quién, quizá con provocación leve. Y al contestarle que éramos amigos todos, que nada había de particular, se lanzó animadamente a hablar de los amigos y de los amantes. De la necesidad de ser querido. Fue una conversación extraña. Ella llevaba la batuta y sabía mezclar —como barman muy diestro— introspección y frivolidad. Reflexión y algo parecido al chismorreo alado. También fue María quien le propuso entrar con nosotros a un bar. Quizá no lo esperaba, porque apeló primero a la excusa del aparcamiento difícil, pero aceptó en seguida. «¿Quién podría vivir sin amor?», recuerdo que dijo en medio de una carcajada tenue. Y Álvaro (que hasta ahí estuvo más bien silencioso) saltó: «Como madame Du Deffand, ¿no?» Y descubrió la lectura del libro. A Jimena pareció apenas llegarle el detalle, aunque se le volvió más viva —como agradeciendo— la mirada. «Sí, algún día tenemos que hablar de madame Du Deffand. Sin aparentemente saberlo hizo la mejor prosa francesa del siglo XVIII. Y se entregó a la vida, hasta que la derrotó, de un golpe certero. Concluyó ciega. Pero supo unir escepticismo y apetito de vida, dos cosas muy raras. Madame Du Deffand enseña mucho del amor y la amistad. Por ejemplo, la estupidez de los prejuicios.»

Luego nos preguntó si escribíamos —lo había intuido— y nos instó a enseñarle algo, aunque ella —siguió— no era experta, sólo lectora. Y en medio de intimidades que no acababan de serlo, como quien abre ventanas sin salir al paisaje, se despidió de nosotros, proponiéndonos algún encuentro futuro, sin que pasase mucho tiempo. Nos había dicho que vivía sola, pues su hijo —que tenía nuestra edad— estudiaba en París.

¿Cómo empezó Álvaro su historia particular? No lo supe nunca. Porque él me contó —tiempo después— que Jimena le llamó por teléfono. Pero ni lo creo ni lo creí entonces. Ella era desenvuelta, franca —sin duda—, pero no descarada. Debió de suceder exactamente al revés. Álvaro (que estaba encandilado realmente por aquella mujer) logró su número y llamó una noche. Esto me lo contó Arturo, el hijo de Jimena, según su madre, al fin, le confesó a él. ¿Sería verdad? Una llamada titubeante, con mucho de timidez en la decisión, diciendo que tenía un serio problema personal y que necesitaba verla. Habían quedado en un barito cerca de San Bernardo. Y Álvaro le declaró la verdad desde el primer momento. Había dicho que estaba enamorado de ella y Jimena (como cabía esperar) se había echado gentilmente a reír. «¡Pero si puedo ser tu madre, querido!» Y él replicó entonces —enfadado por el tópico— que en verdad no lo era y que la edad era estúpida. ¿No se sentía él —y muy a menudo— un hombre viejo, como si estuviese cansado de varias vidas vividas? Fue una conversación pendular, un continuo tira y afloja. Ella asegurando, con sonrisas amables, que lo que sentía él era un espejismo, característico de la relación profesora/alumno. Y agregando él (en ocasiones tomándole la mano a ella, con furia primeriza) que acaso tenía razón y todo era arquetípico, pero que *era*. ¿No es tópico todo amor —ejemplificó—, no es el amor una reiteración, un anhelo sabido? Y qué importaba. El amor genuino se vive siempre como inauguración. Cada uno lo estrenamos. ¿Qué podía responder Jimena? ¿Que era un chico brillante? ¿Que atesoraba una experiencia y seguridad repentinas que no parecía tener? Tras sucesivos vaivenes e intentos de concluir la charla, y cuando ciertamente Álvaro no lo esperaba, Jimena le dijo: «Tú también me gustas, pero ¿qué podemos hacer?» Arturo —a quien conocí al hilo de esta historia, cuando volvió de Francia— no quería pensar que su madre se había enamorado de Álvaro. Pero lo hizo, y rotundamente, aunque no al principio. Fue sincera, Álvaro le gustaba. Su juventud quemante, aquellos ojos azulosos tan vivos y sorprendentemente melancólicos, el pelo que le feminizaba sin quitarle un ápice de virilidad. A Jimena le gustó. Mas cuando la llevó a su terreno —como siempre quería—, ella pudo resistirse, lo intentó acaso en vano y cayó fulminada. Después del primer viaje que hicieron, Jimena le escribió una nota que insertó en el libro que él le había pedido. Lo vi un día en casa de Álvaro, antes del final. El libro era *La lumière noire* de Francis Carco. Y la nota escrita con apresuramiento, sin tachar, decía: «¡Qué estúpida fui! El Amor eres tú. Yo creía haber tenido historias de amor. Creía conocer el amor. Pero era mentira. El Amor eres tú: misterioso y ardiente. Sin concesiones. Sígueme amando. Tú, amor mío, tú, el Amor.»

Jimena le había dicho a Álvaro —a punto de romper la contención inicial, fácilmente asimilable a una manera del pudor— que le recordaba y sugería a un «chico malo». *El mal amado* de Apollinaire, o al protagonista de una novela de Carco, que se llamaba Serge, y al que parecía seducir el vicio por el vicio. El abismo y la pulsión visceral que implica. Álvaro rió al sentirse un adolescente literario, y prometió que intentaría parecerse más, si le gustaba a ella. Tal vez por eso leyó el libro de Carco, y tal vez por lo mismo

Jimena le hizo aquella foto —me parece— algo figurera. Bueno, le hizo muchas fotos desnudo. Fotos especialmente pornográficas, en las que Álvaro mostraba una absoluta complacencia al sentirse objeto: entreabriendo las piernas y mostrando el sexo erecto, o a cuatro patas —enfocado de atrás— vuelta la cara a la cámara, con una sonrisa obscena, casi animal, sacando la lengua. Esas fotos las descubrió Arturo, y yo sentí rabia y admiración por Álvaro. Estaba claro —pensé— que habían llegado lejos. Pero en medio de aquellas provocadoras imágenes, había otra en que Álvaro, el cabello largo, la mirada perdida, una suerte de lazada al cuello, ropas anchas y un sombrero de paja italiana, semejaba el dibujo de Rimbaud por Verlaine. Tampoco le faltaba la pequeña pipa en la boca. Jimena había adivinado la intención de Álvaro, su peculiar sinrazón, y en lugar de disuadir el impulso, se había enamorado de él. (También existía otra foto con un Álvaro muy guapo, lánguido, vestido con el niki rayado de los gondoleros venecianos.) Porque Jimena amó al malditismo de Álvaro, su vocación de exceso. Y se entregó a él como directora y actriz del espectáculo. Cuando creí que Jimena se aprovechó de Álvaro (idea que paradójicamente, pese a afirmar lo contrario, aventuraba Arturo), se lo comenté a María, que no dudó en arremeter contra mí. ¿Por qué no podía ella haberse enamorado de verdad? Me tildó de machista. ¿No resultaba Álvaro, además, lo suficientemente seductor e inquietante? María siempre lo creyó. Y Jimena —como ella— había sido la feliz víctima de un hechizo.

Según el propio Álvaro, Jimena siempre fue protectora; creo que una vez la llamó (con retintín bromista) «madre lúbrica». Decía que adoraba el sexo. Solían irse los fines de semana a un hotel de Ávila, y prácticamente no salían de la habitación. A la profesora —contaba— siempre se le ocurría algo nuevo. Él se sintió atraído por la seguridad y la fuerza, y acaso también por un cuerpo sabio. Quiso ser roturado por Jimena, y ella enloqueció de amor. En Semana Santa se fueron a París y Jimena presentó un certificado médico para demostrar que no podía reincorporarse a las clases. Ni Álvaro ni ella aparecieron. Residían cerca de la avenue Malakoff en casa de un pintor amigo que normalmente estaba en Normandía. Algo me cuesta decir que ese amor ferino los condujo a muchas extravagancias. (¿O Álvaro les aumentó el calibre?) Sin embargo todos saben que la pasión, en un momento dado, resulta insuficiente y la carne quiere carne, sin reposo. Jimena —por ejemplo— no quería fumar hachís, aunque dejaba que Álvaro lo hiciese, porque le mejoraba. Pero le pidió poder pegarle, amorosamente. Compraron un látigo de cuero blando en una *sex-shop* (algo preparado al efecto) y ella le golpeaba las nalgas hasta que el escozor le hacía gemir, para entonces ensalivarle las ronchas enrojecidas diciendo frases de delirio. Salieron un día a comprar ropa, y Jimena se presentó en la tienda como la madre del chico. Experimentaba un placer renovado al escuchar: «Madame, la camisa le sienta muy bien a su hijo...»

Álvaro contó que Jimena le había dicho un

día que, en los momentos de más locura, habría deseado volverse hombre para violarlo. Dijo que notaba el placer de ser poseída y que quizá en la llamada pasividad hay asimismo, al fondo, una plenitud activa. Pero que tanto le amaba, deseaba tanto su cuerpo que, a veces, anhelaba un pene para sentir también su dominio: el sortilegio de su amor transido. Y en su afán de envolver a Álvaro de posesión, Jimena concibió otro día mirarlo. ¿Cómo era y hacía una mujer en el goce? ¿Y cómo se le veía a él, compartiendo su placer —el suyo— no en la pareja? Y al proponérselo a mi amigo le hizo prometer que, durante el acto sexual, pensaría que era a ella a quien penetraba. No le quiso permitir ni tal infidelidad circunstancial y vacía. Quizá esperaba también que, espoleada en la imaginación y el morbo, la actuación de Álvaro llevase más lejos su propio embeleso. Que fuese más absoluto.

Acudieron a un bar caro a buscar a una chica joven que le gustase. Pero él insistió en no elegir. Y mientras tomaban una copa (con la extrañeza de la presencia de Jimena en aquel sitio) entró una muchacha esbelta, cimbreante, muy pintada, una mulata de ojos claros que resultó brasileña. Álvaro se acercó y habló en seguida. Dijo que lo hizo mal y que le ofreció (como había convenido con su amante) mucho dinero. La chica tenía veinte años y replicó: «¿Y ésa quién es? ¿A la que chuleas?» Era un cumplido, y Álvaro, naturalmente, se lo contó a Jimena. Ellas apenas hablaron, se saludaron sólo. Encenderían la lámpara de la mesilla para iluminar la cama, y Jimena se quedaría sentada atrás, en un espacio de sombra. Según Álvaro, hubo un efecto fulgurante y doble. De una parte le gustó —en sí— el agua fresca y aromática que le servían; de otra siempre oyó, siempre, los jadeos de Jimena. La vio retorcerse en la imagen de una putita cara, con el maquillaje corrido. ¿Y Jimena? Posiblemente sólo contempló a ese chico adorable en el puro placer exento, como si violase o se encaramase a una oscuridad viva. Álvaro convertido en dios seminal, fuerza sola encarnada en belleza. A un Álvaro que hubiese dibujado o pintado —de haber sabido hacerlo— para sumarle también la intensidad del arte.

No sé si Álvaro amó a Jimena, digo en sentido hondo. Porque el torbellino y el vórtice incesante lo halló sin duda. Pero ¿amor?... Álvaro se sintió atraído —y arrastrado— por la energía que generaba Jimena, por su impulso como mujer, y también por lo que había de imposible en su unión, de necesariamente efímero. ¿Tan fácil como decir que Jimena era una forma de *lo prohibido*? El amor es más —y menos— que todo eso. El amor sueña con levantar un futuro, aunque la torre luego se derrumbe de pronto. Y ninguno soñó tal torre. Idearon y pretendieron un incendio, que es el que —quizá cimeramente— vivieron en París. Porque Jimena tampoco vio nada sólido en Álvaro, al menos según su hijo. Arturo hablaba de *capricho,* pero él siempre sintió a Álvaro como un rival. La madre había vivido pasión en sentido estricto, y eso tampoco es amor. En París, ya dije, se presentaron a menudo como madre e hijo, pero Álvaro fue además el *gigoló* de Jimena. Ella se gastó casi todo su dinero en lucirlo: le compró ropa de moda, le llevó a cenar a los restaurantes mejores, fueron a casinos y centros de juegos, perdieron, se emborracharon, se besaron con ardor en público, provocaron a propósito los comentarios y las miradas. Se dejaron rodar por la pendiente. También podríamos preguntarnos por qué Álvaro aceptó el dinero de Jimena, hasta llevarla a un punto de quiebra. Evidentemente él nunca hubiera podido pagar todo aquello, y en su casa estaban muy enfadados por lo que juzgaban una aventura loca con una mujer mayor, aunque no supiesen, al parecer, de quién se trataba. Pero es obvio que había algo más. Aceptar el dinero de Jimena hasta sus últimas consecuencias era —nuevamente— explorar el abismo. Enfangarse en un lodo del que creía constituida la vida. Como si vivir fuese ir de continuo en un velero pirata. En realidad eso era Álvaro, un corsario. Aunque dudo que él viera nunca muy claro su destino o sentido. Intuía pasión, el arrebato le colmaba, le gustaba la fiesta, el desorden bacanal de los sentidos, pero ¿para qué? A lo mejor esa pregunta —tan sencilla— no tiene respuesta. Me parece que, en cualquier caso, él no la sabía.

Álvaro me contó también otro lance extraño. Jimena le pidió una vez que se disfrazase de muchacha, que se travistiese. Quería simular una escena ambigua, pero —lo que resultaba más curioso— también que su hijo la viera. No sé —pienso ahora— si para humillar a mi amigo. Acaso por morbo llanamente, porque al parecer todos sus días de París fueron regidos por la necesidad de epatar y de sobrepasarse. Álvaro tuvo siempre escaso vello, pero Jimena le depiló cuidadosamente, le puso un vestido rojo ceñido que compró al efecto y medias y zapatos de tacón alto. Le sombreó después las pestañas y le aplicó un carmín muy acentuado en los labios. Naturalmente —recordaba Arturo— parecía una puta, o para decirlo mejor, una putilla adolescente, caprichosa, guapa y llena de descaro. Álvaro no necesitó moverse afeminadamente, ni ostentar modos de ramera de esquina; insólitamente —dijo Arturo— no necesitó sino el disfraz (el pequeño abultamiento en los pechos que, con esponja, le había dispuesto Jimena, el pene recogido al perineo), sólo el disfraz, para que una vaga sensación de *mal,* de degeneración, de sensual abyección hiciesen residencia y presa en su aire: resultaba andróginamente maléfico.

Cuando Arturo fue a verlos —se habían citado— encontró así a Álvaro, sentado en un sofá muy bajo, al que fue a medio tumbarse su madre. Y ella le dijo: «Arti, ¿qué te parece mi nueva amiga?» Arturo lo narraba —he de constatarlo— con cierta repugnancia. Creía que su madre era presa de un trastorno y a él le dolía, era posible que acertara. Jimena —disparatando— le ofreció a su hijo salir a cenar con ellos. Él rehusó. Como también se resistió a besar a Álvaro, aunque éste (ésta) se lo pidió, cual si no fuera travestido, con aquella malsana naturalidad que veía Arturo. Y antes de que salieran —era inevitable que los acompañara hasta el portal— vio a Álvaro abrocharse una media delante del espejo. Aposta, se subió bien alto el vestido, más allá del liguero. Entonces Jimena, sonriente, le dio un beso en la boca —hubo de limpiarse el *rouge* con el pañuelo— y exclamó: «¡Qué piernas tan bonitas tienes, niña! ¡Qué piernas tan bonitas!»

Se marcharon de París porque a la profesora se le acabó el dinero. Así de rotundo. Le dijo que tenía la cuenta en números rojos. Quizá el banco le hubiese dado un crédito (a expensas de su sueldo regular), pero ella comprendió, en ese momento, que habían tocado fondo. Álvaro lo contaba sin inmutarse. Le parecía normal que el exceso hubiese culminado en exceso. ¿De qué extrañarse? Volvieron en coche-cama y sintió que esa noche, haciendo el amor entre el traqueteo del tren, con la violencia pasional que ella exigía al acto, comenzaba a producirse una despedida. Aunque no hubiera habido ni una palabra en tal dirección. Notó a Jimena ardorosa y crispada. Más que otras veces —me contó Álvaro—, parecía insaciable. Ya en Madrid, cenamos una noche juntos, con María Basturiz. Jimena parecía muy nerviosa, mucho menos segura de sí, pese al fervor admirativo que le seguíamos profesando. Sólo Álvaro la trataba de un modo distinto. No diré irrespetuoso, pero sí desenvuelto, dominante, como quien puede —y suele— obligar con un leve cambio de voz. Daban por hecho —relatando sólo detalles nimios o circunstanciales— que conocíamos sus días de París y que sabíamos —por supuesto que Álvaro ya había contado algo— que la suya era una historia de amor. Pero Álvaro —delante nuestro y pese a todo— seguía pareciéndose más al alumno que había sido. (Naturalmente, perdió casi todas las asignaturas de aquel curso.) Jimena no habló de la universidad. Se refirió a Francia, comentó una exposición de pintura simbolista que habían ido a ver, y aconsejó algunos lugares. Luego nos invitó a cenar —aún no sabíamos su quiebra— sin que Álvaro hiciese ningún gesto. Cuando, días después, vi a Álvaro a solas y me narró cosas que he referido y otras más estrambóticas, sentí una rara mezcla de horror y de celos. María me diría más tarde: «Álvaro se ha portado como un canalla.» ¿Sería cierto? ¿O seguir el rumbo que a uno le marcan exonera la culpa? Jimena supo que su pasión la llevaba al abismo, o que sólo era visible en el abismo, y lo había aceptado. En cuanto a Álvaro no lo aceptaba por casualidad ni azar, sino por convicción y destino. Fue el canallita que deseó ella. El canallita que, eventualmente, él mismo adoraba en sí y que los demás admirábamos porque su fuego desdeñoso nos provocaba. Su diferencia, en suma. Pero Jimena —con el regreso— deseó acabar el frenesí, o por mejor decir, el abismo. Ahora (abismada sin saberlo) anhelaba la normalidad, la rutina, el retorno a la vida tépida. ¿Cómo cayó en ese error? Indudablemente porque seguía, estaba aún enamorada. O porque —precisamente en el desenfreno— había encontrado la serenidad. La fortaleza que era su signo. Es el caso que le pidió a Álvaro que se casaran. No se trataba, no hay que decirlo, de nada religioso. Sólo vivir juntos en su casa. Quizá, en algún momento, pasar por un juzgado. El final fue terrible. Álvaro se echó a reír, y luego argumentó que su familia no lo toleraría. Y la verdad es que la familia estaba muy tensa, pero ni la madre ni Luis se atrevían a contradecir a Álvaro. Pienso ahora —y el padrastro vino a confirmármelo indirectamente— que le tenían miedo. Por él mismo. Es decir porque conocían que Álvaro —puesto en el disparadero— sería capaz de cualquier historia. Apelar a su familia, así, tenía mucho de excusa, aunque a esa familia —como a otras— le habría parecido un matrimonio inconveniente. ¡Cómo me acuerdo hoy de Álvaro cuando me contó su negativa a Jimena! La humilló, le hizo sentirse vieja, dijo que nunca podría compartir su vida, incluso llegó a hablarle (¿acaso le parecía una escena literaria?) de su falta de dinero, de que él no estaba dispuesto a vivir sin dinero. Y me lo contaba con aquel rostro tan inocente y bello, con una sonrisa suave, muy enigmática, como si me estuviese narrando un asunto trivial y cualquiera. De repente (y parecía tan niño de improviso, con una maldad tan pura, tan nada viciosa, tan incontaminada) no le interesaba Jimena. Ella no era fuerte, ni maternal, ni altiva, ni abundante en tetas. La pobre se había vuelto una persona normal, estúpidamente normal, y eso lo concluía todo. Jimena se portó bien, me acuerdo. Se marchó en el verano de Madrid, y luego pidió (urgente, por motivos personales) un traslado. Creo que fue a Zaragoza. A mí —y a María— nos apenaba pensar en ella. Sin embargo tampoco se derrumbó, o no del todo. Después del día de la feroz escena final (que ella soportó sin aspavientos) y de alguna otra ocasión en que volvieron a verse, cada vez más cuesta abajo, sin asideros, y Álvaro cada vez más distante, sardónico y destructivo, ella le escribió una carta que a él le pareció ridícula y que nos enseñó para que también nos riéramos. María se enfadó terriblemente; le dijo entonces en la cara a Álvaro que era un asqueroso canalla (se sentía asimismo tocada en su propio amor, en el afán que por él vivía) y yo me emocioné viendo la carta. No, no era ridícula. Reconocía que había sido un error suyo quererle, que era tonto pretenderse joven con la simpleza de la destrucción, y que tirarlo todo por la borda era de ilusos. Pero que de nada renegaba —decía— y que le auguraba toda la felicidad. Que ojalá siguiese siendo tan divinamente inconsciente. Porque su inconsciencia abría la dicha. Que ella le veía como un pequeño dios. Y le deseaba que no cambiase. Retengo una frase: «Que nunca llegues a conocer el sombrío placer de un corazón melancólico.» Debía de ser una cita porque la había entrecomillado, pero no decía de quién. Era una carta valiente. Sin ningún paso atrás, pero consciente de la ebriedad y del desplome. A Álvaro ya no le interesaba nada. De repente —desdeñoso de la carta— parecía que Jimena perteneciese a un remoto pasado. Parecía que no había significado nada. Como el que sale limpio de un bautismo. Pero ¿fue así? ¿Era Álvaro tan inverosímilmente estúpido? Una noche paseando, muy tarde ya, la ciudad caliente de asfalto y casi vacía, me dijo que sabía que era absurdo lo que había hecho: el lógico final a una historia absurda. «Y ¿no quisimos ambos el absurdo?», añadió. He visto a Álvaro llorar a veces, le he visto desplomado, aterido de miedo, imposible a la vida. Álvaro se entregaba sin medir el impulso de la entrega. Y eso le pasó con Jimena, la quemó. Pero la recordaba muchas veces, aunque sin nostalgia. Como afirmar: «Lo que tuvo que ser, fue. ¿Qué más pedir?» Y sobre todo ¿sería posible? Álvaro quedó muy vacío tras la historia con la profesora. Yo me quedé esa parte final del verano con él. Íbamos de bar en bar, cada noche, y había muchos momentos en que no hablaba. Pero, ya digo, no era añoranza. Quizá algo parecido a la resaca, la sensación de que era imposible hacer otra cosa. Fue un mes evanescente. Parecíamos fugitivos y no sabíamos de qué. Álvaro me hablaba de lo que había hecho con ella, de la pasión por Jimena. Y otro día —otra noche ya muy tarde, volviendo a casa a punto de clarear, bebidos, saturados de hachís— me dijo que se quería morir. Y recuerdo que me miraba como si de mí dependiera. «Eres un imbécil, chaval —repuse—. Un perfecto imbécil.» Y le di un empujón, como si pretendiera sacarle de un sueño malo. Entonces nos echamos a reír con la risa que da cuando has esnifado *poppers*.

Creo que de ese vacío le sacó, a fines de setiembre, la aparición de su libro. Una pequeña editorial no demasiado notoria (una editorial de temas modernos y minorías de culto) publicó *Despierto de soles*. Hay un poema dedicado a Jimena Mateos. Álvaro fingió que la salida del libro no le decía nada, pero no era verdad. Naturalmente no circuló demasiado. Todo el mundo sabe que un primer libro de poemas no suele traer mucho ruido. Y Álvaro tenía una actitud contradictoria con sus cosas. De un lado parecía desear que se comentasen y le hicieran famoso; pero de otro prefería que le dejasen en paz, que ni siquiera le hablaran del tema. Hacía lo que tenía que hacer y nada quería saber de nadie. Le interesaba más la vida —eso era cierto— que los compromisos. Mandó el volumen a algunos poetas y críticos de renombre (Juan Ortín le dio las direcciones), pero se cansó en seguida. Como respuesta recibía pequeñas tarjetas amables, y no siempre. Pero entre la gente que le conocía, *Despierto de soles* gustó mucho. La mayoría lo sintió como un exceso, y así lo vio también —y resultó una bomba de radio íntimo— Guillermo Díaz-Plaja, que escribió una larga y entusiástica reseña del libro, ya en noviembre. La Facultad estaba entonces en su apogeo trimestral y el eco de la firma prestigiosa diciendo de un novel que su tomito era el mejor del año poético, empujó a su vez los comentarios de profesores asombrados y alumnos que vieron en la crítica y su redoble una consagración del malditismo de aquel chico raro, tan asiduamente vestido de negro.

Despierto de soles era una mezcla explosionante de visionarismos y experiencia. Se podría decir que era un libro algo surrealista, preciosista también, pero no exento de cotidianidades y cercanías. Podía pecar de informe —a veces— y ciertamente de inmaduro, pero estaba lleno de sobresaltos y fuerza. Recuerdo otro poema que se titula *Navegando después de comer.* En él —es prosa poética— unas extrañas vírgenes egipcias navegan por el delta y sueñan con estudiantes de una ciudad que beben cerveza, fuman canutos y sueñan con vírgenes egipcias que lucen los pechos al sol, cuando de entre los juncos se oye un disparo... Es difícil precisar cómo el poema logra una asombrosa mixtura de sórdida realidad y onirismo refinado y exótico. Termina con una suerte de apaciguado quiebro: «*¿Mas qué cosa es el mundo? Avanza el cortejo y chían en los árboles secos las turbias golondrinas de tus ojos. Tiempo y joyas. Thais, la dulce Thais ha muerto.*» En verdad, ¡cuánta muerte hay en ese libro! El autor se diría obsesionado por la plenitud, pero diario habitante de la caducidad. Y claro es que después de la crítica elogiosa, «el mejor libro de poemas del año..., esplendor del irracionalismo», los profesores miraban a Álvaro de otra manera. Aunque no exactamente mejor. Cuando marchaba por los pasillos hacia las clases —iba poco—, ya le rodeaba un aura de prestigio. Sus méritos y hazañas habían circulado. Era el canallita que había destrozado a la doctora Mateos. El joven perdulario. El que se drogaba y todo eso. Bien que a ella —pensarían— ¿cómo calificarla? ¿No se lo tenía merecido la insensata golfa?

IV

¡QUÉ PRONTO SE LES CAYÓ la universidad! Aquel curso (finalizaba ya 1979) iban sólo —cuando iban— gobernados por la rutina. A Carlos y a María, ocasionalmente, los empujaba la idea del deber y el futuro. Era claro que no podían vivir sin hacer nada, que existía cierto compromiso paterno, y la necesidad de que el tiempo —eso además— no se escurriera vacuamente. Aunque ¿no podría ser vacuo todo? ¿Por qué, mirando a lo hondo, era menos vacío *hacer* que *no hacer*? Álvaro, en cambio, prefería el desprecio. Seguía apreciando a un par de profesores, pero podía pasar hasta quince días seguidos, sin pretexto alguno, sin aparecer por las aulas, y cuando acudía, la ocasión surgida o provocada, sólo expresaba ninguneo y risa. Le parecía miserable —comentaba— aclimatarse a esa rutina, no soñar (¿podía llamársele *soñar* a eso?) sino con un parco título porvenir. La vulgarísima gloria de la licenciatura.

Por Navidades cayó en sus manos un libro de Montherlant, *Las Olímpicas*. Y frente al desdén que Carlos esperó, cuando le dijo que lo estaba leyendo, le sorprendió el entusiasmo de Álvaro. Un fervor que —como solía ocurrirle— sobrepasaba a Montherlant. Con diecinueve años recién cumplidos, Álvaro se sintió seducido por la gloria física. ¿No era hermoso vencer al cuerpo con el cuerpo? Y tal reto comporta mucho más que el cuerpo mismo. Soñó —hablando con Carlos— que la vida tiene sentido en la camaradería. Que cierta razón de solidaridad se retransmite por el cuerpo. Que hay victoria en el brillo de un cuerpo, conseguido por encima de la rutina.

—Pareces un militarista —rió Carlos.

—No —contestó Álvaro—, un militarista busca la guerra, la agresión, la sangre... Yo entiendo, lejos de eso, que hay que superar fronteras, avanzar en ti mismo. Me alegra pensar en la amistad del esfuerzo compartido, y en conseguir así lo que no se conseguiría llanamente. Como si detrás del esfuerzo hubiese escondida una fuente alegre. Agua que produce entusiasmo...

Carlos pensó que sería una racha. Que no duraría mucho. Que era uno de los habituales arrebatos de Álvaro. Con sorpresa comprobó que acudía, días después, a matricularse a un gimnasio municipal. Haría —le dijo— preparación física general y esgrima. Y ahí comenzó una historia que tanto Carlos como María —que en ese tiempo tuvo un corto romance en la Facultad— supieron fragmentariamente y no llegaron a entender del todo. Era cierto que Álvaro iba al gimnasio, porque el cuerpo comenzó a delatarlo en seguida: a un joven la maravilla del cambio físico le alcanza pronto. Sin embargo no se cuadriculó ni se convirtió en una mole de músculos.

Apenas ensanchó, pero el cuerpo se le volvió recio y duro. Carlos apretaba los bíceps con complacencia y se daba cuenta de que esa tensión embellecía a Álvaro. Con el cabello corto, las líneas de la cara se ajustaban y precisaban. Y una suerte de llama interior, un vigor que se traslucía en aureola, le otorgaba no sé qué punto grácil, alado y robusto. Pero Álvaro —y esto le caracterizó— no era persona que montase la tienda en un cerro y dormitase allí. Poseía una ansia descabellada de trasponer fronteras e ir adelante. Había dejado, casi mágicamente, de fumar y tomar drogas, pero de la mano de ciertas lecturas, no sé por quién sugeridas —si por alguien fueron—, empezó a desarrollar lo que llamaremos ideales de una Grecia caballeresca y heroica. Intentó que Carlos fuese para él un *alter ego* amigo de la fratría espartana, pero a éste todo le parecía atrozmente delirante. Álvaro estaba guapo en ese tiempo, y despedía vigor, pero parecía un nazi a punto de entrar en combate —dijo—. Y en aquel ámbito del gimnasio (donde pasaba muchas horas) conoció a Javier. Era un chico muy moreno, de veintidós años, con una piel reluciente y glabra, el pelo asimismo muy corto, y un aire entre inocente y fuerte. Empezaron por retarse en la piscina, y Álvaro logró después que se apuntase con él a florete. Javier trabajaba de auxiliar en una gestoría y tenía una novia que se llamaba Carmen, estudiante al parecer, y a la que sólo veía los fines de semana. Es fácil suponer que Javier se sintiera atraído por el magnetismo, siempre exacerbado, de Álvaro. Pero ¿cómo brota una relación que se apoya en la cultura del cuerpo? Por narcisismo, naturalmente. Las miradas mutuas tienen que lamer los cuerpos con una suavidad que en ningún caso se confunda con lo femenino (dos hombres juntos deben odiar lo femíneo), y de esa lengua cálida hacer surgir fuerza, autocomplacencia. Un refocile en la espuma del grito, del músculo tenso, de las flexiones que aumentan de número, el orgasmo lento del propio placer espejado.

Quizá uno de los miembros de tal fratría debe ser una persona inocente, y Javier poseía más listeza que inteligencia. Para él el mundo no era un problema, sino palestra en la que fuera necesario triunfar y gozar. Sólo eso. Es posible que —psicológicamente— el cuerpo de Álvaro se conformase viendo el de Javier. Éste era recio pero esbelto, duro pero nada rocoso. Producía una hermosa sensación de potente ligereza. Y la fuerte textura de sus dientes blancos —sonreía a menudo— triunfaba sobre la morenez ingrávida de su tórax, metálico y flexible al mismo tiempo. Y eso le gustó a Álvaro y se reconoció en ello. Había leído que en las antiguas palestras atenienses era importante la admiración del cuerpo bello y emprendió el camino. Al principio todo fue competición y silencio. No había que hablar del cuerpo sino ejercitarlo, pulirlo y exhibirlo. Álvaro y Javier hacían los ejercicios juntos, trepaban en la lista numérica de abdominales, en los minutos de bicicleta, en la acción de las espalderas, en el levantamiento de pesas, en la barra fija y sobre todo en la piscina, en el número de largos sin cobrar aliento. Javi iba por delante, al inicio, pero Álvaro se le acercó en seguida. Llegaron a un punto de victorias alternas, como si cortésmente se pasaran la corona del uno al otro. Seguido nadie triunfaba, y acababan siempre exhaustos y felices. Entonces, en medio de los comentarios en voz alta, de las bromas alegres, y hasta de la ligera exhibición de los puntos tensivos (los músculos duelen o se resienten) llegaban al vestuario a desvestirse, para acudir, envueltos en una toalla, a la sauna. Un lugar silencioso y agobiado donde se puede hojear, pasando los largos minutos, un manoseado periódico, pero también, dado el aura salvaje del calor, un puesto que invita a relajarse. A una suerte de momentánea holganza, y es ahí donde la toalla comienza delicadamente a abrirse, sino lo hizo al sentarse en la madera, y la contemplación del cuerpo con el que se ha contendido se vuelve inevitable. En la sauna, en un silencio simpático, Álvaro empezó a mirar con decisión (y con admiración) el cuerpo de Javier. Observó, con displicente cuidado, la dureza delicada de sus líneas al formar, estrechándose, la cintura. El incipiente desarrollo de los pectorales, firmes pero no agresivos. El torneado largo de los muslos, y el sexo que descansaba en medio, grande, coronado por una mata crespa de vello negro. Jamás vio o miró así a Carlos o a Ibrahim —recordó—, aunque los hubiera visto desnudos. Por primera vez se percataba de la belleza del cuerpo masculino y de las formas que le vuelven geométrico, un cubismo cálido. Y a la par que sentía la sonrisa cercana y presumida de Javier, el tono moreno de esa piel le parecía como el agua de un río estival, caudaloso pero manso. Y notaba que anhelaba gozar de ese cuerpo en su cuerpo, lo que quería decir, asemejarse a él, y lidiar juntos en belleza. Quizá por ello le preguntó de pronto:

—¿Has luchado alguna vez, Javi? Me refiero a algo parecido a la lucha romana...

La excelencia de sentir la euforia del cuerpo es que el sentimiento va más lejos que la carne. Esa sensación de corporeidad asumida es música, se compone de músculos y nervios como ella de sonidos. Pero como todo el que oye una melodía sueña, quien siente el arrebato del cuerpo —y aún más si participa con el propio— trasciende el físico. Hay un brinco íntimo y percibe que la fibra corporal es una parte indisociable de la dicha de la mente. Siente el pensamiento como prolongación del cuerpo. Como suma invención del cuerpo.

A partir de aquel día en que hablaron por primera vez de la lucha, al entrar en la sauna se quedaban desnudos, y se observaban uno a otro con hondura mejor que con detenimiento, sin perder nunca el gracejo, el aire leve de lo superficial. Y por eso la lucha, su práctica, no fue casual, sino intimidad surgida. Decidieron probar, al ver despejado el *tatami* donde se practicaba el judo, y luego —días después— hablaron con un monitor que algo sabía de grecorromana. Quizá ninguno se hubiera atrevido a decir —tras las primeras experiencias— que no era tanto el agrandamiento y mejora de la técnica, sino la lucha misma lo que los encandilaba. Se agarraban los brazos en tensión, oblicuos los cuerpos, y se miraban fijamente con real simpatía. Luego venía toda aquella trabazón de piernas y brazos, fabricando zancadillas, que culminaba con un escurrirse al suelo, con el intento de paralizar al otro, de someterlo, en medio de la crispación de la fuerza para, a veces, al final, saltarse las normas y quedar el asunto en pelea libre, deseo de vencer y dominar. Por supuesto no lucharon todos los días —bastaba competir en las flexiones o en el agua—, pero sí buscaban el día de la lucha con un ansia al que, naturalmente, no era necesario dar nombre. Álvaro le dijo a Carlos, pasado algún tiempo, que nunca se había sentido de improviso, momentáneamente, tan íntimo de alguien. Era cierto que no habían mencionado, entre Javier y él, la palabra «amistad», que no habían tenido necesidad de ninguna declaración o explicación intelectiva, la amistad simplemente circulaba entre ellos, o para expresarnos con más exactitud, manaba en sus brazos, surgía de la fricción de sus poros. Y en toda amistad es esencial verse. El amigo no quiere estar alejado del amigo, necesita esa presencia que le alienta y la requiere en todo lugar. Exige intimidad, y torna, sin pensarlo, primer plano su imagen.

Un día, mientras se vestían para salir del gimnasio, Javi le dijo a Álvaro que conocía a dos tías estupendas, muy salidas, y que le habían llamado para tomar unas copas. Vivían en un apartamento, juntas, y Javi las visitaba de cuando en cuando. Me he follado a las dos por separado —adelantó—, pero hoy podemos hacerlo a la vez. Ellas van a decir que sí porque son muy viciosas... Y entonces —al decirlo y escucharse— sonrieron mutuamente, y pudieron notar que la amistad, allende otros vientos, es calor, una clara especie de vibración calorífica. Nunca sintieron que aquellas amigas del apartamento eran un pretexto, sino un vínculo. Naturalmente, sin palabras. Eran dos chicas de aire juvenil, aunque cercanas a la treintena, que conocían a una antigua compañera de oficina de Javier. Un día les presentaron, y encontraron una manera fácil de divertirse. Probablemente ellas tenían otro tipo de amigos, de más edad, con quienes salían a cenar o se iban de viaje. En Javi habían hallado el sexo puro, cierto ludismo sin pretensiones que les interesaba. Con lo que el muchacho —que miraba de modo tradicional a la mujer— podía seguir respetando a Carmen. Éstas, las del apartamento, eran otra cosa (lo mencionó de entrada), golfas, viciosas, trabajo del hombre. Les había dicho que iría a verlas con un amigo y la receta funcionó en seguida: Álvaro era un chico atractivo y a ellas les gustaban jóvenes. Pero se sorprendieron algo de lo que Javier —entre las copas, la música y las primeras caricias— propuso: no sólo se turnarían ambos en el sexo, sino que lo harían a la vez, no por separado. Y lo que empezó siendo una confusión, devino intento nuevo. Javi quería ver cómo follaba Álvaro y quería ser visto. Debían de estar en la habitación, en camas paralelas, y no entrar al cuarto como parejas distintas. Pero ellas fueron más lejos. Entendieron —y se echaron a reír, apicaradas— que ambos meterían a la vez el miembro en la vagina, los dos juntos. Entonces Javier no quiso echarse atrás, y redondeó, pidiendo que siempre estuvieran delante, porque iba a ser mucho más divertido. «¡Qué vicioso eres, Javierito, guapo!», convino una de las chicas acariciándole la cabeza con los dedos. Y ocurrió de seguido.

Álvaro no vio especial atractivo en unas mujeres que convertían el sexo en rutina. Pero el clima del instante, el calor de lo morboso, el ardor que veía en los ojos de Javi le enceló muy pronto. Se miraron a media luz para ponerse de acuerdo y cuando Javi —aquel miembro muy oscuro de glande largo— entraba en el tubo propicio de la mujer extendida y abierta, él hacía lo propio, apretando más, frenando, acelerando, gimiendo, con su miembro más claro y no más breve. Miraban los ritmos de la pelvis, las sacudidas de la cintura, el vaivén de la ingle, los espasmos de ellas, que recorrían sus muslos, y era como si Javi y él se transmitieran fuerzas: como un juego cruzado de espejos donde te ves y miras. Émbolos a los que la grasa humana aceraba brillantes. Como los glúteos que suben levemente, en un saltito, para en seguida tensarse y endurecerse. O las bolsas de los compañones que parecen un caudal de ánimo, la garantía del *proseguiremos*. Hasta ahí estuvieron cada cual con la suya. Luego lo hicieron juntos —no la podían introducir del todo—, mientras la embestida crispaba los músculos faciales y la otra reía —en la cama de al lado— con un chillido histérico. Y si al correrse por primera vez Álvaro notó que su semen era el de Javier, que se mediría por el mismo impulso, ahora supo —lo mascullaron, casi ebrios— que la fusión ocurriría de verdad en los labios del clítoris. Y sintió que eran sus manos unidas echando un pulso, sus piernas frotándose sobre el *tatami* en liza, galopando los dos en potros sin montura por un llano solar, cuando sus glandes húmedos se apretaban para entrar y salían en seguida, rozándose, mientras la excitación crecía y querían la mezcla, el manar seminal, opulento, como un símbolo: el codicilo de una confianza. Al correrse Javi apretó con una mano las nalgas de Álvaro y éste correspondió sin pensarlo. No significaba nada. La mujer quedó (era la segunda vez) divinamente exhausta, y la otra no quiso. Ellos ni siquiera se miraron sorprendidos; temían la beatitud de los guerreros al terminar el combate. Sudaban felicidad y bromas cuando se ducharon juntos, antes de tomar el último whisky, mientras, amparados en el ruido del agua y del calentador, podían comentar, entrecortados, las excelencias generosas de un coño en celo.

Carlos supo que había estado con Javier y sus amigas follando, pero Álvaro no le contó detalles. ¿Por qué era tímido con Carlos, fuera de los momentos de exhibición, fuertemente teatrales, en que el amigo estaba presente? Quizá —es lo sencillo— porque Álvaro tenía un fondo de desconfianza, pero también porque no supo explicar, al pronto, dónde estaba su relación con Javier y qué significaba aquello. Javi no iba a buscarle sentido (o ignoramos su pregunta), pero en Álvaro era consustancial. Podía pensar —y pensó— en algo como las fratrías espartanas, pero esa referencia casi erudita (y en la que además soñaba) ¿podía colmarlo todo? Javier le creaba un impulso de combate. Un ansia de intimidad que no tenía que ver con el sexo, pero que tocaba también esa fibra, aunque no en directo, de veras, sino de rebote. Álvaro no sentía atracción por Javier, notaba que su amigo le mandaba fuerza, expedía vigor, lo inundaba en una ola de comunión, como si al estar juntos fueran más ellos mismos, como si ser dos muy cerca hiciese crecer más la individualidad propia. Sentía a Javier como una mano que, siendo suya, precisa de complemento. A lo mejor porque Javi era espontáneo, ágil, vital, porque estaba aureolado del saludable encanto de lo primitivo, de lo que se deja ir río abajo, y es feliz. Javi le atrapaba como una onda íntima, y tenía la sensación (cuando luchaban, cuando hacían flexiones y miraban la humedad y la destreza de los músculos) que habían vivido juntos mucho tiempo: piratas peleando en mares ajenos, soldados que lustraban por la noche, al fuego de la amistad, sus corazas. Y que el vaho de uno fuese en la tienda, en el camarote estrecho, la respiración del otro, y el olor del cuerpo vecino un descanso natural, una leve acritud agradable...

Mucho tiempo después —el tiempo de la juventud es tiempo agolpado—, Luis Ciges le contó a Carlos lo que habían creído la madre y él de aquellos meses en que Álvaro no pensó —al menos así parecía— en nada que no fuera deporte. «Su madre estaba relativamente contenta —le escribió— yo no tanto. Ella creía que a Álvaro le vendría bien el esfuerzo, porque es saludable y aleja de la neurosis, y todos temíamos (era cierto) las pasiones absurdas de Álvaro, como la historia de la profesora; pero yo veía en ese amor febril al gimnasio otra pasión, y nunca me gustó el chico que vino tantas veces a casa, aunque procuraba ser amable y muy educado, como quien no está habituado a serlo... Álvaro buscaba en el cuerpo otra frontera, y eso es perturbador asimismo.»

Luis le dijo que Álvaro hacía en casa cosas que nunca había hecho: elevar el tono de voz, moverse desacompasadamente, tratar a todos con aire a voluntad asilvestrado y rudo, decir tacos en son afirmativo, rascarse de repente el cuerpo en la mesa, comiendo, para mostrar que ese cuerpo pesaba y exigía, y, en fin, salir desnudo de la ducha, por el pasillo, sin pudor, para exhibir la dureza y aun la rotundidad de sus ademanes. No, Álvaro no era grosero. Algo íntimo en su ser impedía la grosería, pero en aquellos días amó la materia, se sintió complacido por la delicia del cuerpo, le gustaba ser carne y notar la carne. Una vez más —concluyó Luis— quería alejarse de todos nosotros, volar, sobrepasarnos.

La vida del gimnasio parecía no cansar a Álvaro, que la compaginaba escasamente con la universidad. Sin embargo leía libros que hablasen de Grecia, de la vida en las palestras y relatos militares. Eso, por supuesto, no se lo dijo a Javi y el propio Carlos tuvo que descubrirlo. Para Álvaro «era un intento de completar su educación física». En realidad se hallaba inmerso en una pasión por la forma sentida, a la que no acababa de encontrar nombre. Quizá lo que buscaba en los libros era eso, una confirmación, una palabra. Porque se dio cuenta (y tampoco se lo dijo a Carlos) que le apetecía mucho, que buscaba en todo momento —si pudiera decirse, a ciegas— ver a Javi desnudo. La desnudez de su amigo era para él como un bálsamo, un refresco sedante, agua tranquila. Y entonces se preguntó: «¿Me gusta Javier?» Y hubo aún de ir más lejos: «¿Estoy enamorado de él?» Y se tenía que responder que no, ni era amor lo suyo ni mera atracción sensorial. En Javier encontraba un aliado, pero ese estrecho amigo se le imbricaba en el cuerpo, es decir, que no es que le gustase (aunque le gustaba) sino que *lo sentía*. Y por ello le atraía la desnudez, porque le aproximaba más, le intimidaba. Pero ¿cómo no decir que en las formas de arista y dureza de Javier, tan moreno, tan risueño, había también una complacencia narcisa en los cuerpos que se asemejan, porque al bendecir la belleza del cuerpo de Javier bendecía la suya? Quería compartir la llama de Javi, siendo un cabo de vela distinto. Y entonces admitió —al pensar en su sentimiento— que deseaba fatigarse con Javier, compartir un profundo cansancio y descansar unidos. Pero necesitaba —pensó— saber que no andaba solo. ¿Podría sugerirle a su amigo algo de todo eso? ¿Expresarlo sin que se perturbara el raudal de la inocencia?

Seguían haciendo la misma vida. Y Álvaro creyó que hablar sería una forma de impudor. Pero deseaba acercarse más, imbricar más la carne. Y otra noche que salieron juntos, coqueteando y tocando chicas —Álvaro gozaba con esa vida natural—, bebiendo, por supuesto, y ya tarde, cuando andaban hacia la casa de éste, porque los pillaba de camino, o acaso medio buscando un taxi, Javi dijo;

—Estoy tan perro, tío, que me quedaría a dormir en tu casa...

Y sin realmente pensarlo, Álvaro le contestó: «Pues quédate.» Y siguieron el jugueteo y las risas. Y sólo cuando ya subían en el ascensor —sin que Javi hubiese vuelto a decir palabra al respecto—, Álvaro comprendió que el amigo dormiría con él. Dijo: «No hay sitio de invitados.» Y vio en seguida que Javi empezaba a desvestirse. Muchas veces (no se extrañarían en la familia) amigos o compañeros de Álvaro, después de estudiar juntos, se habían quedado a dormir allí. En el sofá grande del salón o en la propia cama, que no era pequeña. Pero, claro es, nunca había sentido la menor emoción. Ahora, sin embargo, el corazón le latía apresurado. Javi acudió a ducharse, y Álvaro fue detrás. Muchas veces habían entrado en la ducha juntos, frente a frente, en el gimnasio. El gesto, único matiz de cambio (aparte de hablar en voz queda porque la casa estaba silenciosa), consistió, tenuemente, en que la mano de Álvaro, al coger el jabón líquido, lo extendiese sin decir nada, de naturalísimo modo, por el pecho de Javi, en cuyo centro apuntaba un velloncito oscuro. Y no esperó la reacción, aunque nada podía ser sorpresa entre camaradas. El miembro de Javi comenzó a erguirse, y el chico dijo, riendo: «¡Vaya polla!» Era aquella agua de antes serenamente brotando. El halago de la propia masculinidad en que vivían. En realidad nada nuevo, salvo una vibración especial, un anhelo que Javier compartía. Por eso, al llegar a la habitación, tras cerrar la puerta, envueltos en las toallas, Álvaro pudo añadir: «Es extraño. Me siento muy bien contigo. Nunca me había sentido tan amigo de nadie.» Y en medio de la penumbra cálida, pues sólo estaba encendida la lámpara alta de la mesilla, Javi le abrazó y contestó: «Yo también, yo también...» Dicho de prisa, con oculto temblor. Y entonces se metieron en la cama y comprobaron, sin hablar, que sus sexos decían por ellos.

Es inútil querer aplicar un patrón homosexual, pues la historia no aceptaba ese nombre, pese a serlo. Era camaradería sedienta de asiento físico. Una pasión por los propios cuerpos, que exigía muchas veces la posesión gallarda de muchachas conquistadas —el sexo opuesto—, pero que reclamaba, sin apenas voz, la necesidad de sentir el cuerpo amigo, de bañarse en él, de compartirlo.

Avanzaban sin chistar —siempre entre las grecas del gimnasio y las chicas compartidas— hasta que Javi habló un día de algo que salvaba el obstáculo, implicando su anhelo. Muy cerca de Aguamarga, en Almería, solían acampar, en una suerte de oasis, no muy lejos del mar, *hippies*, nudistas, gente que por la noche hacía corros al fuego, fumaba hachís y tenía puesta la tienda, grupalmente, entre la vegetación, cerca de un manantial que surgía de las rocas. Javi proponía ir allí, de acampada, porque —argumentó— son tipos como nosotros. Irían en mayo, cuando él podía coger las vacaciones de Pascua que le debían: una semana. Y Álvaro creyó entender lo que le estaba proponiendo.

El lugar, con los primeros calores del sur, resultaba idílico y había poca gente: rubios nórdicos de pelo largo, chicas de grandes tetas que llevaban pañuelos de flores en la cabeza, atados;

niños que corrían a su aire entre esos padres que, siempre que podían estaban desnudos. Álvaro no había visto nunca una colonia naturista. Trenzaban collares, preparaban comida, componían música rudimentaria, elaboraban pescado en salazón y se bañaban en el mar, en una playa inhóspita, de dunas cortas, o en los pozos que formaban, entre la vegetación abundante, aquellos surgentes de agua no demasiado fría. Era un mundo sugeridor, beatífico y algo sucio que encandiló en seguida a Álvaro. Javi había estado otra vez con una secretaria de su oficina, que terminó enrollada con un alemán. Allí nadie preguntaba nada, se hablaba con los recién llegados como si fuesen viejos conocidos y se vivía en una distante promiscuidad. Es decir, en territorios personales dentro del espacio común. Al principio la vista se extrañaba, luego comprendía que el no-pudor (la palabra *impudor* sería ajena) era el son festivo y genuino de la comuna. Fuera del verde, camino de las dunas, la gente acudía a defecar, porque se podía cubrir de arena. Nadie miraba, pero tampoco se ocultaba. Luego se lavaban en el mar. A la hora del sesteo, o de noche, junto a fogatas y faroles de pilas, las parejas se amaban si llegaba el caso, cabe sus tiendas abiertas, aunque hubiese alguien cerca. Oír borborigmos o jadeos no resultaba inapropiado. Los sexos se mezclaban fácilmente, y junto a aquellas familias adánicas, en que los niños se habituaban a ver a los padres desnudos, existían también, sin rubor, claras parejas masculinas. Pero también había mujeres juntas (menos) y hombres solos que acudían acaso al calor de esa promiscuidad. Álvaro descubrió en seguida que a Javier le zaleaba el sexo. Lo descubrió follando enardecido con una rubia —que resultó noruega— al segundo día de estar, y estuvo a punto de reírse al ver las sacudidas de ambos, porque le pareció que exageraban la naturalidad del hecho. Vio a Javi feliz y lo sintió adorador del cuerpo. Y a la noche, metidos en la tienda, sin cerrarla, cuando la brisa soplaba húmeda y fresca, Javi se le abrazaba, buscando calor, y sus manos se iban recorriendo con la pausa de la sabiduría. Concluían masturbándose juntos, a veces entre las piernas, y Javi dijo (quizá el mismo día de la noruega) que los amigos tenían que conocerse el cuerpo. Por eso fue abandonándose y, sin hablar, actuando con la voz de las posturas, empezaron a saberse mutuamente: los sexos, la axila, las espaldas, la boca... Comprendió Álvaro que llevar suavemente la saliva al esfínter hueco era un acto de amor. Como lo era asimismo ver a Javi erecto. Otro día trajeron a unas chicas italianas a su tienda e intercambiaron las parejas. Javi aplaudió cuando Álvaro realizó su apetito con la primera. Y en otra ocasión siguió a Javi —sólo para verlo— porque su italiana le había pedido hacer el amor bajo la cascada pequeña...

¡Qué sucios se sintieron aquellos días y qué felices! Casi siempre invitados a comer, riendo por la noche en la tienda de las chicas, con dos nórdicos —marido y mujer reales— que decían haber vivido así casi tres años seguidos... Tocaban la guitarra de noche, y se pusieron un collar de piezas de hueso. ¿Qué era el tan mencionado cuerpo? Aquella ansia que Álvaro sentía por su italiana (morena también, la otra tiraba a rubia) casi inmediatamente después de haber tocado a Javi. Pero también la gloria habitual de verse. Sentir el ardor de acariciar lo conocido y la certidumbre de que no tiene secretos. De que son tuyos tacto y aroma. Gustar del sudor y gustar del aliento. Saber cómo reacciona la piel, complacerse de tu estertor en la otra carne. Por ello al volver —en la carretera rumbo a Madrid— pudo decirse que no amaba a Javier, estaba seguro, que simplemente se pertenecían. Las luchas, el esfuerzo (las carreras desnudos que hacían en la playa), la cercanía corporal, la tensión de sentirse iguales, las chicas a las que dominaban, su apostar por dejarlas exhaustas, mirarse, gustarse a sí mismos, sentir que en el agotamiento hay un abrazo, los había llevado a la amistad. «A una amistad guerrera», se dijo Álvaro. Y notó que ahora podría descansar junto a Javier, sin precipicios.

Debió de ser entonces —al alcanzar esa amistad— cuando empezó Álvaro a escribir el que sería su segundo libro. Presumiblemente lo escribió muy de prisa, en sólo cortos meses (cuando ya había venido el sosiego con Javi), aunque tardó más de un año en verlo editado, precisamente en aquella época breve en que se dejó tentar por el brillo del mundo. Es un libro de prosas cortas e incisivas, plenamente poemáticas que, entrando en los asuntos *in medias res*, parecen siempre sugerir un efecto nuevo, como un cineasta que hiciera desusadas tomas, un tanto en escorzo, en planos con lente. El tema —híbrido— era naturalmente la amistad, el amor y el sexo, pero todo *amistoso*, sin vislumbres (y era esa su otra originalidad) de ningún convencionalismo erótico. Un libro de prosa dura, sólida, como renglones de mármol. Con una tremenda voluntad de desnudamiento. Pensó titularlo, al principio, *Camaradas*, pero pronto se dio cuenta que no era un rótulo sugeridor. Y de ese buscar la esencia de los camaradas, lo que los acerca, surgió *Descanso unidos*. Quiso que Carlos conociera en seguida los textos —cuando iban brotando— y éste le expresó extrañeza. Eran secos —le dijo— y tenían una lujuria extraña, quizá porque aludía muy pocas veces a los centros generalmente generadores de esa pasión. Presentaba a dos hombres luchando, el efecto del agua sobre un gimnasta que se ducha, la luz y sus prismas sobre un muslo y una pierna que se aceitan, la descripción —sin apenas connotación sexual— de unas nalgas apretadas; ya he dicho, como si un cineasta tomara un plano primerísimo y tremendo de una parte del cuerpo. Carlos añadió que aquellas prosas recordaban las teorías del *nouveau roman*, pero con mayor intensidad y poetizado. «Sin embargo —terminó— ¿por qué me repelen?» Es un libro donde la violencia contenida, apretada, se vuelve pulsión carnal, afecto, y el pulso se metamorfosea en abrazo. Lo cierto es que mientras escribía estas prosas, Álvaro siguió frecuentando a Javi. Les dio por ir de putas. Chicas caras que terminaban encaprichadas de ellos y apenas les cobraban. Concluían durmiendo juntos —ellos—, pero sólo se abrazaban. A veces se palpaban los genitales como una constatación.

Sin duda Carlos llegó a sentir celos de Javi. Aquel chico de aire simpático y sencillo, con cierta apariencia intrascendente, poco asentador (pero tan dinámico, tan apabullante), le quitaba tiempo y más tiempo a su mejor amigo, para llevarle por aquellos rumbos musculares que Carlos no comprendía ni aspiraba a entender. Por eso debió de sentirse feliz y aliviado, cuando empezó a constatar y ver que Álvaro volvía a llamarle con más frecuencia, en detrimento de la compañía de Javi, de quien seguía hablando, eso sí, con la complicidad del que hubiese compartido el viaje de los Argonautas, en mares difíciles. Álvaro mantuvo siempre el ara de Javi, su lugar privilegiado en la mente. Pero ¿por qué acabó ese ardor, que generó tanta cercanía?

Álvaro —lo sabemos— tenía una tremenda necesidad de cambio. Agotaba —o creía hacerlo— cuanto crecía a su alrededor. Y pasado aquel clímax de la camaradería, cuando la amistad era —al fin— el sentimiento que parece brotar insinuante de las lides gimnásticas, ¿qué hacer con la dura y suave inocencia de Javier? ¿Bastaba Javi dormido? Porque lo que al final más amaba Álvaro era el abandono. Cuando se rendían al cansancio y los cuerpos amistosos y reconocidos se reposaban el uno en el otro, oyendo el silbo de la respiración y mojándose en la intimidad del leve sudor del lecho. En ese instante Álvaro sentía la plenitud de una meta, incluso más que cuando follaban a la par con alguna chica. Pero en el reposo, en el fragor callado de sus cuerpos más duros, ¿qué era Javi? Le gustaba verle dormir. El durmiente de la alcoba estudiante. ¿Cuánto podía mantenerse el sueño? Es decir, Álvaro empezaba a empalagarse de lo que antes había admirado. La inocencia masculina, el reto griego de la gimnasia, el vencimiento natural en el esfuerzo, no compensaban aquella simplicidad de vida dedicada al trabajo común y a las mujercitas ¿Cuánto duraría el hechizo de Javi? Lo que durase su juventud. Luego todo serían grietas, y las chicas, vueltas señoras cotidianas, lo atraparían inexorable en el cepo mismo de la vida, la tenaza precisamente de la que Álvaro deseaba escapar a cualquier precio. Había conocido una faceta oculta de la amistad. Había apurado la copa. Javi debía irse alejando, delicadamente. Y Carlos le ayudó en el proceso. Llegaron incluso a salir los tres juntos algún día. Luego Álvaro dejó de ir al gimnasio, aduciendo la universidad y los exámenes inmediatos a los que —a varios, al menos— no se presentaría. Pero Javi lo entendió. Nunca dejó de sonreír, no se extrañó de la renuncia. Hasta que el verano produjo la separación natural. El viaje de estío. Álvaro y Carlos decidieron irse a Italia en tren, solos. Y en un recorrido que fue pausado, culturizado y sorprendentemente exento de grandes acontecimientos, brotó alguna vez el recuerdo de Javi. Un día de mucha luz, tras las persianas verdes de una pensión de Amalfi, Álvaro dijo: «A veces le echo de menos. Sin hablar, nos entendíamos.» Cada uno estaba echado en su cama, semidesnudos, abotagados en el sopor de la siesta, siseando musiquillas y letras deshilvanadas. Entonces habló Álvaro: en medio de una cadencia, en la penumbra, como una confesión involuntaria. Carlos supo que esa vez —mejor que en otras más explícitas— el tema era Javi. Y sintió celos. Los que se sienten de un amigo —nada más que un amigo— que ha explorado regiones más avanzadas.

V

Alma Quesada apareció ese otoño. Creo que aún no habían comenzado las clases. Nos la presentó, a la par, un compañero del curso anterior. Debí haberme dado cuenta en seguida (y no ocurrió así) que aquella chica iba a interesar a Álvaro. Y sin embargo Alma no era propiamente guapa. A mí me pareció incluso híspida, algo tosca de facciones. Tenía la cara levemente redondeada —sin ser gruesa— y un cutis con algo de adolescente, discretamente picado. Pero los ojos verdes eran muy grandes y muy vivos y parecían despedir —cuando hablaba sobre todo— una suerte de ardor volcánico. María Basturiz (que nunca simpatizó con las amigas de Álvaro) la apodó desdeñosamente *la Terremoto*, pero lo del volcán le convenía mejor porque en Alma había fuego. ¿Cómo no iba a intrigar a mi amigo? Los pechos —grandes— propendían a colgarle, porque no solía llevar sujetador. Y el cabello negro, ensortijado y largo —parecido al afro— semejaba flamear alrededor de su cara. Tenía algo de acervo y matriarcal, pero asimismo mucho de sílfide, de diosa vegetal del aire. Nadie la hubiera descrito como hermosa, pero todo refulgía en ella. Las caderas, las piernas duras y fuertes, la exuberancia carnal que —como apunté— estaba lejos de la gordura. Y luego había que contar con sus gestos. Se encendía. Irradiaba al hablar, accionaba, se enfadaba o reía con una especie de magia o de arrebato que la colmaba por entero. Quizá era en esos momentos cuando parecía más guapa. Y luego aquel hablar: su gusto por las palabras gruesas y rotundas, que pronunciaba sin ningún rubor, acompañándose de las manos, ¿no formaba parte asimismo de su atractivo? Para Álvaro, sí. Su sentirse atraídos fue rápido. Aunque Alma no daba ninguna señal. Simplemente dejaba que él estuviese a su lado, salían juntos, hacían planes comunes, pero ella no se inmutaba. Había sido una devota militante izquierdista (estaba en retirada) y era una feminista más que activa, visceral. Odiaba sentirse atada a un hombre, lo aceptaba próximo, incluso suponiendo que lo quería, pero odiaba la ternura, quizá porque esos mimos son la marca con la que el varón domina a la hembra. Ella tenía que sentirse libre, actuar como si no hubiese nadie al lado. Pero notó que Álvaro estaba dispuesto al viaje. Una noche, después de dejarla en su casa, confieso que le dije a Álvaro, con palabras muy cautas, que Alma no valía mucho, y que como además era arisca y siempre parecía dispuesta a enturbiarlo, a complicarlo todo, me aburría. No la encontraba interesante. Dije eso, pero lo que quería de verdad es que Álvaro me lo dijera a mí. Fui torpe. No logré sino acentuar, por mor defensivo, lo que Álvaro notaba en Alma: el inconformismo y el fuego.

Ella estudiaba, un curso por delante, nuestra misma carrera, pero contrariamente a Álvaro iba mucho a la Facultad, aunque asistía a muy pocas clases. Paseaba, se sentaba en el bar, iba y volvía, se metía en un aula, salía, cambiaba de curso. Era el tipo de merodeadora que sus años de activista política le habían enseñado. Aquellos activistas no iban mucho a clase, pero apenas salían de la Facultad. A esa actitud en los momentos de combate (que pertenecían ya al pasado) la denominaban *huelga activa*. Alma parecía permanentemente en ella, y logró que Álvaro acudiera más a Moncloa. Y allí tornó a encontrarse —nos encontramos, sería más exacto— con Juan Ortín, que había estado más de un curso en Barcelona, y acababa de volver. Ortín venía de publicar una novela —aunque nunca hablaba a los alumnos de ello— y conocía el libro de Álvaro. No nos trataba ya como a aquellos discípulos favoritos a los que había aconsejado o alentado, sino como a colegas cercanos. Y fue él quien —sin prisas— sugirió a Álvaro una entrada en el mundo literario. Creía que *Descanso unidos* era un libro magnífico (fue su expresión) y se tomó como asunto propio buscarle editorial. Empezaba un tiempo extraño al que Álvaro —una vez más— no se negó.

Ortín —por medio de un crítico amigo suyo— le ofreció conocer a Vicente Aleixandre, que, aunque delicado de salud, no desdeñaba (de mano de algún amigo) conocer a poetas jóvenes. Y Alma le descubrió que esnifaba *caballo*. Se lo metió un día, delante de unos amigos de la época social, ante él. No le dijo que tenía que probarlo.

Y acaso Álvaro no lo hizo el primer día, pero la siguió pronto. Su relación con Alma era muy rara. «Ella —me dijo una vez— nunca aceptaba la penetración.» (Como María Basturiz, al principio.) Tampoco quería ver el semen, y cuando se acostaban (menos veces de lo que Álvaro deseaba) se iba siempre al lavabo al anunciar la eyaculación. Pretextaba que le daba asco. Le pregunté si no sería una lesbiana que no terminaba de aceptarse. De nuevo metí la pata. Álvaro me contestó: «Ella es así. No hace falta más.»

A pesar de que Ortín le avisó que Aleixandre había tenido un herpes sumamente grave y estaba delicado, Álvaro esperó encontrarse con el poeta surrealista cuyos libros amaba. ¿Cómo debía ser el autor de *La destrucción o el amor*? Un hombre subvertidor, rebelde, descontento del mundo, pidiendo y proclamando hogueras inconformes. Pero habló a un viejo simpático, deliciosamente educado, con graves problemas en la vista, que le pidió que le leyera algún poema de los que llevaba (él no podía hacerlo) y luego lo desmenuzó técnicamente con muy cortés generosidad. Era muy probable —me contó Álvaro— que Aleixandre hubiese estado repleto de secretas agresividades, pero ¿qué podía hacer ahora? El mundo, vestido de enferma vejez, se le había echado encima. Teóricamente Álvaro no podía sentirse feliz con una conversación —por grata que fuese— de aquel género tépido. Había esperado del poeta consignas y éste (apenas le quedaban tres años de vida) no las daba. Sin embargo poco antes de aquella visita a Velintonia, donde Aleixandre le dio palabras de aliento, Ortín llevó a Álvaro a la presentación de una novela. Y Álvaro se sintió sorprendido de que entre la galanura habitual del cóctel, hubiese gente que había leído su libro. Temo decir que el mundillo literario le embriagó. ¿Por qué extrañarse? Para alguien que entra por primera vez en esa farándula todo se resuelve en una cabalgata de nombres, cenas, copas, editores y conversaciones ingeniosas. Los escritores —los artistas en general— se vuelven islas con el tiempo. Se encierran, acaban teniendo muy escaso interés por sus cofrades, en realidad no hacen otra cosa que mirarse y hurgarse el mohoso ombligo. Pero si se encuentran en un sarao o en un bar de moda (y algunos suelen hacerlo con frecuencia), se vuelven máquinas delicadas de parabienes y sonrisas. Y es estimulante conocer gente que has leído, rostros que son libros o revistas, personas a quienes otras buscan, gente que parece entenderte y adularte porque anda tu mismo camino. Las presentaciones ininterrumpidas, el fácil calor de un fuego falso, ¿cómo no seducirían a un joven cuyo libro primero había llamado la atención más de lo que esperaba? Marcos Barnatán le presentó a Savater, a quien Álvaro había leído con complacencia, y también al editor de *Titania*, que era, entonces, una celebradísima colección de poesía. He de ser sincero, envidié a Álvaro cuando me contó que otra noche, una de aquéllas, iría al teatro con Savater y sus compinches, personajes llamativos de la modernidad cultural. Pero me resultó raro que —sin ironía— Álvaro me dijese que acababa de dejar sus poemas a ese editor que —curiosamente— concluyó editándolos en seguida. Me parecía que a Álvaro (que muy pronto pudo prescindir de Ortín) le rodeaba un leve aura de celebridad. No tardaron en darle libros dedicados, llamarle para cenar y rondar de noche los tugurios de moda. Yo acompañé al grupo alguna vez. No molestaba. Supongo que era algo similar al amigo cordial y casi mudo.

Siempre pensé que les gustaba Álvaro, físicamente incluso, auque no fueran homosexuales. Apenas había cumplido veintiún años, tenía un aspecto aún más adolescente, y el pelo creciendo otra vez y negro especial como los ojos —lo he dicho— turbaba de alguna manera, porque le daba a mi amigo un peculiar esguince al mirar. Fernando Savater me lo confesó después: «Uno llevaba a Álvaro como un adorno. No importaba que además valiera y fuera inteligente y supiera reírse y darte cancha. Inexplicablemente, a tu lado, le considerabas un triunfo. Alardeabas de él, acaso sin darte cuenta.» Jimena Mateos le había llamado «pequeño demonio». Y quizá ese aura brillase más con luna y por la noche. En realidad eran correrías inofensivas, pero como Álvaro parecía estar más lejos —y en verdad lo estaba—, emanaba un halo de provocación y deleite. Sí, él disfrutó con aquel mundo de cumplidos, con la mucha gente que se acercaba a hablar con ellos, con la ambigüedad de que aquel grupo mantuviese, aparte otras, relaciones más pecaminosas que la obvia cordialidad que mostraban. Tampoco sé —o entiendo— cómo Álvaro pudo compaginar los dos mundos. El de Alma Quesada y el de los literatos. Alma le dijo que estaban vendidos al Poder, y que no les importaba a cuál. Álvaro no lo negó. ¿No posee el Poder sus atractivos? Le gustaba que le vieran con gente conocida, que casi a diario le presentaran a otros que había oído nombrar, y que sospecharan que estaba en la misma onda. Podría decirse que el mundo de la literatura (tan chismoso, tan coruscante, tan ínfimo) le atrapó con el mismo cepo con que prende a cualquier neófito: «Seréis como dioses. Ven a ocupar el sitio que te estaba prometido.» Ese mundo de la literatura podría asemejarse a la Casa del Padre: nido de la natalidad. El centro de una flor exquisita. Claro que entre semana, y a veces en los mismos días en que literatureaba (pero mucho más tarde), acudía a los garitos perdidos por Tirso de Molina, donde iba Alma a beber y comprar *caballo*. Creo que él no esnifaba mucho, pero el visitar aquellos tupis que frecuentaban drogotas y gitanos de mirar faquero (hasta que les resultaba familiar el rostro del concurrente) le producía a Álvaro un desgarro, una suerte de íntima cesura creativa. Aquello le dolía y estimulaba. Pero ¿cuál era el camino de Alma? Naturalmente no tenerlo. Como dijera un prosista latino, Alma sentía nostalgia del silencio infernal. Nostalgia de una quietud a la que no podía accederse por las buenas. Era una mujer (tenía algo de indefinidamente mayor) que pertenecía al territorio del *no*. Discutía, polemizaba, se exaltaba, y siempre estaba a la contra. Los escritores que trataba Álvaro le parecían una panda de vanidosos estúpidos. Quien usura la palabra, indudablemente no la merecía. Y lo que valía siempre la pena era lo de allá, lo de enfrente, lo imposible. Álvaro nunca se sintió tentado por la política. Le interesaba la libertad, un omnímodo liberalismo, pero no la gestión del Poder. Tampoco, en el fondo, a Alma. Pero ella siempre se manifestaba a favor de los extremistas, aunque no militara en sus filas. Alababa a los terroristas y hallaba una manera de elogiarlos —aunque matar fuera execrable—, diciendo que cuantos morían (los polis desde luego) se lo habían buscado de sobra. Creo que ese permanente *no* de Alma, aquella suerte de continuada irritación que padecía, su tensión (que sólo la droga aminoraba) es lo que estimuló a Álvaro. Casi diría que lo que le prendó. Se acostaba poco con ella —porque como he dicho el sexo era tangencial para la chica—, pero su adscripción al *caballo*, su búsqueda de la heroína en aquellos cafetuchos sórdidos, el apartamento destartalado en que vivía, sucio, con el florerito lleno de colillas y un trapo cubriendo la cama, todo ello parecía a Álvaro otra forma del *más lejos* que ansió siempre.

En realidad me disgusta hablar de Alma Quesada. Ella nunca me quiso. Soy una persona del *sí* y eso no podía tolerarlo. Como tampoco toleró que Álvaro tuviera miedo. Ella empezó a picarse, y, aunque él la siguió, alguien le convenció pronto de que no lo hiciera, que podía ser muy peligroso. Es verdad que aún no se hablaba del SIDA —era a principios de 1981—, pero ya habían muerto los primeros yonquis. No sé cómo decirlo: Álvaro estuvo muchos meses en la cuerda floja. Me acuerdo que al volver de la manifestación de repulsa contra el 23-F (quizá la única manifestación realmente política de nuestra vida) acompañé a Álvaro a casa de Alma. Lourdes y Savater se habían ido por un lado, y Mariano Antolín y Luis Antonio de Villena (habíamos estado juntos entre el gentío democrático y retador) optaron por cenar en un italiano. Álvaro quiso ver a Alma —que por supuesto no había ido— y se picaron allí delante, aunque él ya esnifaba. Estaba eufórico. La manifestación le había hecho añorar un imposible tiempo de cambios y banderas. A ella la encontré sombría. Calentó el polvo moreno y se metieron el chute. Al poco quedaron casi traspuestos, como si el entusiasmo de él se hubiese interiorizado hasta presentir el silencio, y ella (caída junto a mi amigo en el camastro) acertó sólo a decirme, con una sonrisa de vampiro escéptico: «Me gustaría comerme una tarta de chocolate.» Y se rió como si la risa no le perteneciese. Me marché entonces, y no creo que les importara o se dieran cuenta. Pero el caso es que Álvaro empezó a sentir *mono*, y ese primer temblor le asustó. Y tal es lo que Alma le reprochaba: su deserción del combate por la muerte. Porque ella era una hija de la muerte. Y ésa era la gran diferencia entre ambos. Álvaro amaba la vida, y si presentía que toda intensidad acaba en muerte (es claro que lo sentía) quería recorrer el camino. Ansiaba la experiencia, el viaje. Suponía que el cuerpo debe morir saturado de riqueza. Ella no quería nada. El abrazo de la Dama. La sequía total. El monte árido. Y cuando vio que Álvaro renunciaba, que se hartaba de alcohol antes que volver a esa droga, lo despreció. Afortunadamente —y sé que juego al prudente— Alma cayó antes de que se agigantase el desprecio. Una noche un amigo de la Facultad tuvo que avisar a urgencias. Alma (que acababa de meterse más heroína de lo habitual) había quedado con los ojos en blanco, rígida, caída en el camastro, como muerta. Su familia la llevó a un sanatorio de desintoxicación —eran gente de dinero, su padre un alto militar— y dejamos de verla. Álvaro, de ese modo, pudo controlar su temor. Fuera de la mirada medusea de Alma, se sintió menos cobarde, pero comprendió que debía utilizar más el propio desprecio. Sin embargo nunca fue desdeñoso. A menudo no sabía ser frío. La mente le quemaba. Pero Alma le dejó la semilla. A veces (cuando ella reapareció con su aire sombrío y el cutis muy blanco) Álvaro quería volverla a ver. Otras, su afán mejor era no encontrarla. Él andaba ya otros caminos, aunque rozasen también el precipicio. Ella retornó a lo mismo. Desintoxicada, Alma comenzó otra vez la ruta del abismo. Y ¡cuánto tarda ese abismo! ¡Cuánto —al menos— tardó con mis amigos! Alma vive aún. La encontré la otra noche en un restaurante de aires coloquiales. Tenía el pelo corto casi completamente blanco, aspecto avejentado y una delgadez extrema. Iba con unos muchachos escuálidos y no me miraron. Pensé incluso (a Alma le colgaban las gafas de la nariz, como a la vieja que no era) si veían de verdad, si no estaban tan tremendamente enfrascados en su interioridad arisca y yerma, como para haberse desligado por entero de lo real. En cualquier caso me alegré de que aquellos fantasmas me consideraran también inexistente. Pero cuando Álvaro murió me dirigí por carta a Alma (a casa de sus padres, no sabía dónde vivía) pidiéndole que me contara sus recuerdos —o sus impresiones— de mi amigo. Fui un incauto si esperé alguna vez un relato más o menos trabado de acontecimientos. He dicho que Alma ignoraba la realidad, no le gustaba, mejor, la aborrecía. Sin embargo, al menos respondió a la misiva. Era una carta breve, escrita a máquina con muchas letras bailadas, en la que decía lo siguiente: «A Alvaro le interesaban las anécdotas, a mí no. Tú sabes que me caía bien, incluso que me gustaba —ridícula palabra—, pero me parecía obsoleto aquel afán suyo de divertirse, su continuo apetito de que pasasen cosas. Yo quería invitarle al silencio, y él acudía a aquellas reuniones de literatos que —por lo que contaba— son aborrecibles. Tú quieres reconstruir ahora la vida de Álvaro y —así lo creo— es un empeño estúpido. Tendrías que narrar —no sé cómo— un ingenuo apetito de supervivencia. ¡Qué afán por mantenerse a flote! O todavía más claro: ¡qué voluntad de nadar! A mí Álvaro me parecía un inocente lúcido, que no deseaba renunciar a la inocencia. A veces le amaba, y le despreciaba otras. Sí, provocaba. Pero yo no soy inocente. Es más, detesto cualquier conato de inocencia. Me deleito en la caída y adoro el camino de la serpiente (...).» A partir de ahí —y salvo mínimos *excursus*— Alma hablaba de sí misma. Sentí que era una ahogada que luchaba y manoteaba por encontrar aire, y si se revolvía contra Álvaro era por odio a su vitalidad. Si se me comprende, Alma había querido matar a Álvaro, y como he dicho dejó en él otra semilla de muerte, porque él estaba fascinado por el abismo. Pero no quería caer ni menos tirarse, ésa era la diferencia. Sólo amaba contemplar el fondo, y contemplando se sentía preso de aquel fulgor de gemas sin nombre. Y Alma fue una de esas piedras perversas. Me pareció imposible que fuera ella, avejentada, con los párpados pesados y caídos, gritando silenciosamente su atroz desesperanza. Pero aquel ser levemente encorvado que vi, había vertido antes su tóxico en mi amigo. Y la primera víctima fueron las salidas literarias.

Se publicó *Descanso unidos* y estuvieron a punto de concederle, meses después, el Premio de la Crítica. Las prosas apretadas, llenas de originales esguinces, la singularidad de mundo que desarrollaban, aquella obsesión, de fondo, por las fratrías guerreras, despertó curiosidad y entusiasmo que hasta llevaban un puntillo de escándalo. Los amigos de Álvaro (Savater, Luis Antonio, Soledad) hicieron artículos sobre el libro. Todos podrían haberse titulado *La consagración de la promesa*. Álvaro era el joven que vanagloria la juventud, el espejo que devuelve, en fulgor, lo que el adulto ha perdido. Se atrevía. No era tibio. Arrojaba la piedra. Y, como por ensalmo, aparecieron nuevas gentes que querían conocerlo, editoriales que enviaban sus libros y querían hablar, periódicos que solicitaban artículos, nuevas cenas, comidas, cócteles, presentaciones, un incesante runrún de canapés y copas. Álvaro (una vez más) se quedó quieto y sonriente ante el éxito, pero una noche que fuimos juntos a un bar de estudiantes —como tiempo atrás— me dijo que los odiaba a todos, y que si eso era *la Literatura*, merecía una soga al cuello. Era tan estúpido aquel bailongo de nombre y vanidades, vivían todos tan pendientes de su atractivo y sus ventas, se atrincheraban tanto en sí mismos, se escondían de tal modo tras una sonrisa anodina y fútil (y que probablemente, por lo demás, carecía de significado) que semejaban, en sus ininterrumpidos festejos, figuras de un panteón de cera. Sentía que le pegaban el bálsamo en los brazos, y quería huir, necesitaba huir, me dijo. Le pregunté —apuntando a lo irónico— si a él no le importaban la nombradía y el éxito. No me contestó. Se quedó solo mirándome, como si ambos dos jamás hubiésemos cruzado una palabra. Luego añadió: «Pónme a prueba.» Ridículamente me pasó por la cabeza un gesto dadaísta: ¡vomítales encima! Pero me callé, porque me di cuenta que yo era un mezquino y me daba envidia. Álvaro estaba en el camino —o quizá en medio— del tan encomiado *succès d'estime*, se le aplaudía, se jaleaba su singularidad, su aire retador. ¿Por qué quería dejarlo? Y ¿qué podía decirle yo que hiciera? Hablamos más. Me confesó que en algún momento aquel mundo parecía la prolongación natural de los libros que amaba. Pero que no se tardaba mucho en ver —o en sentir, mejor— que allí no había vida. Extrañamente, la pasión por lo efímero de la literatura —por su brillo, por la fama— derrocaba el vivir. No se trataba de lobos esteparios metidos en sus guaridas (lo que hubiese tenido más encanto), sino que, por lo llano, aquellos seres perseguidos por el morbo editorial y el resonar de su propio nombre habían casi del todo olvidado el mundo. Tratarlos era ver que nada existía fuera. ¿La vida? Qué era eso ¡la vida! Y entonces brotaba el tedio, el aburrimiento y aun el asco. Sin haber oído mi pensamiento, Álvaro llegó a decir: «A veces he sentido ganas de vomitar. Me ha parecido estar rodeado de una asamblea de cadáveres. A mí me gustan las palabras, Carlos, tú lo sabes. Pero ese aire enrarecido y estúpido me agobia. No sólo he sentido necesidad de huir, sino más, de echar a correr, de escapar para siempre. Eso que llaman "la literatura" es siniestro. Una manada de aves de presa sonriéndose. No quiero volver. Te juro que no quiero volver...»

Le pregunté si Juan Ortín era así también. (Ortín aparecía muy poco por los ámbitos de moda) y me contestó —diré lo que me dijo, tal vez no pueda reproducir exactamente sus palabras—: No lo admiten. Juan es un pobre hombre. Cree que ese mundillo es un cofre que contiene maravillas. Es pena observarle revolver collares que son baratijas. Da pena verle en ese intento estúpido de meter ahí las manos, si pudiese. En algún momento me pareció que Álvaro tenía los ojos húmedos. Y de repente agregó —en aquel café oscuro iluminado por toscas velas—: No sé para qué me esfuerzo. Yo quiero descansar, Carlos. Tengo ganas de no sentir nada. Eso dice Alma que conviene: no sentir nada. Porque de repente estás subiendo una cuesta, y no ves la cima, probablemente ni existe. ¿Qué hacer entonces, ahí, en la mitad del sendero, con llagas en las plantas? ¿Qué haces ahí, idiota? Cambié de tema, me atreví a decir que la vida era objeto en sí. Y desde luego emoción, como él afirmaba. Entonces apuró de un trago la copa de anís que había pedido y me dijo —súbitamente contento— que se iba a buscar una chica, que necesitaba una *tía* a su lado. Añadió también que no le podía acompañar. A Álvaro no le gustaba que le vieran con putas, y estando con Alma —en ocasiones— había recurrido a ellas. ¿Por qué no había de ser bueno el sexo, sin ulteriores historias? ¿Sexo para gemir tan sólo? Me quedé sentado mirándole salir, y una frase —probablemente una cita— se me vino a la cabeza y la repetí hacia adentro: «El fastidio, el tiempo, he aquí los grandes asesinos de la humanidad.»

Por increíble que parezca a partir de aquel día, Álvaro empezó a frecuentar menos sus efímeras amistades literarias. Es cierto que cuando le hablaban (por lo general bien) de *Descanso unidos* no podía ocultar la satisfacción íntima. Pero dejó de acudir a los bares de la literatura. Sé que echaba de menos a Alma (a quien habían enviado a la primera clínica de rehabilitación) y que tuvo tentaciones de volver a picarse. Paseaba como perdido por Malasaña, y a veces pedía un trago de cerveza, y se enrollaba, a uno de aquellos grupos *lumpen* que concluían a coro una litrona. Él, que había adoptado cierto aire dandy, con *foulards* de colores y los ojos pintados de negro en los saraos literarios, empezó a descuidar su aspecto. Llevaba casi siempre los mismos pantalones vaqueros y una chaqueta negra que tenía brillos. Un algo apelmazado el pelo, como quien se lava poco. De esa época hablan unos párrafos en la carta de Luis Ciges. Indican (me parece) un buen entendimiento de lo que ocurría, deseo de ayudar e impotencia: «Cuando Álvaro publica su segundo libro, o para ser exactos, poco después, atravesó una etapa extraña. He oído que hay quien habla de la "resaca del éxito", pero a mí me parece que Álvaro tenía resaca de la vida. Es decir, ni sabía qué quería hacer ni lo que hacía. Acercarse a él era muy difícil, pues apenas hablaba, y ni siquiera con su madre cruzaba más que monosílabos. No, no sabíamos qué proponer. Yo creía que acaso le viniera bien ver a un psiquiatra, pero —lo confieso— no me atreví a sugerírselo, pues hubiese agudizado su enemistad contra mí. Su madre opinaba que era una mala racha y pasaría. A veces se estaba horas enteras en su cuarto, sin hacer nada, y otras se iba y volvía muy tarde. Era una primavera fría, y un día que había llovido mucho volvió totalmente calado, como quien ha dejado, a propósito, que le llueva sin precaución, horas enteras, encima. Tenía una antigua pipa marroquí, con cazoleta de piedra, y fumaba largos ratos hasta quedarse medio dormido o ausente. Poseía lo que podríamos llamar una melancolía atenazante, que ni le dejaba ni le permitía impulsos para rebelarse. A mí me hubiese gustado hablar con él, incluso preguntarle por qué quería morir, por qué detestaba la vida, pero insisto ¿cómo haberme atrevido sin esperar la más acre y muda de sus respuestas? Sabía que se había drogado, pero creía que entonces no era ése el problema. Parecía no interesarle nada, y aguardaba una solución sin saber de dónde. No me hubiera extrañado oírle decir: Ojalá me maten al salir a la calle.»

Álvaro vagabundeaba en solitario y, de cuando

en cuando, se acostaba con una mujer, como por rutina. Sin querer saber nada. Era obvio para mí que el soñado ámbito de la literatura (lo que para otro idealista hubiese constituido un palacio mental) lo decepcionó por entero. Nadie pensaba en la literatura, sino en el éxito. En un alarde de ingenuidad purista Álvaro no vio que ambas cosas podían ir juntas. Odió la frivolidad porque ni siquiera era frívola. Odió aquel mundo de facilidad vacía. Me temo que Álvaro no vio que como él existían muchos. Que otros (aunque acaso en minoría) detestaban aquella atmósfera. Y que gente que parecía divertirse en el revuelo de aquellos copetines hueros, en soledad, mano a mano, eran distintos. Aunque es seguro que Álvaro lo sabía. Él era un buscador del *todo*, y era esa totalidad (sin apelar a matices) la que lo decepcionaba. Caminaba sin rumbo, por los barrios más tirados, experimentando el placer de lo sucio. Quería que se le viera degradado, anhelaba una vez más atravesar otra frontera. ¿Cuál? Su padrastro insinúa que la del no ser. Yo creo mejor que la de la abyección. Buen alumno de Alma, quería creer que sólo en el fondo del limo se descansa. Quería estar triste, porque la melancolía da cuenta del abatimiento del mundo. Quería deshacerse y mantener la vida, porque era mucho menos frío que Alma. Es verdad que apenas se podía hablar con él, solía mirar como evadido y pasaba del exabrupto a respuestas volátiles. Mucho después, leyendo unos versos de Heine traducidos, me pareció ver al Álvaro de aquellos días opacos: «*Vacilante vagaba y padecía sin causa / abismado en un sueño extraño y seductor... / En casa se sentaba en el más oscuro rincón, / vivía lejos del mundo en silencioso islote.»*

Por entonces acudió otra vez a visitar a Aleixandre. Pienso que debió de tomar por simbólica despedida lo que había sido —a través de Ortín— simbólico inicio. Aunque ya sabemos que Álvaro se sintió parcialmente decepcionado por quien era un viejito enfermo, atildado y pulcro (cuyos íntimos contraluces mi amigo no llegó a ver), me confesó que había deseado llevar su libro a Vicente. He oído hablar mucho de él —le dijo el maestro—, pero a mí tendrán que leérmelo. Ya sé que sales mucho con amigos comunes... En pocas palabras, Álvaro (que se limitó a contestar, sonriendo, escaso de historias) hacía un homenaje a la Poesía. ¿Qué importaba el relato? Luego me contaron que Aleixandre se extrañó. Comentó que a aquel chico —indudablemente una promesa— debía de pasarle algo. ¿O es que los veintiún años son, quizá, una edad crítica? Pero la imagen más terrible de aquel periodo de abatimiento me la dio María Basturiz, eterna enamorada de Álvaro. En la época inicial de los exámenes (a los que, en general, tampoco debió de acudir) María se lo encontró, como tantos, una noche de primeros calores, por Malasaña. Llevaba una camisa azul arremangada, muy ancha, y deslucidos pantalones de pana. A ella le pareció que hablaba con unos amigos, en la plaza, junto al Arco y las estatuas neoclásicas, pero al momento se dio cuenta de que discutían. Se acercó un poco, sin atreverse, y vio que estaban los cuatro muy bebidos. Los otros llevaban el pelo corto y botazas militares, eran *punkies* en el principio de aquella parafernalia. Álvaro, con el cabello desgreñado, apenas se movía, ella creyó que balbucía algo. Luego contempló estupefacta unos empujones secos, golpes rígidos del puño y a Álvaro cayendo al suelo. No se defendió, apenas movía los rasgos de la cara, le pareció que iba muy sucio, o se le confunde la sensación porque Álvaro cayó en la parte arenosa de la plaza, en un pequeño charco negro. María se reprochaba cobarde. Me dijo que quiso hacer algo, incluso gritar, pero que le dio miedo, porque parecía gente muy violenta, porque todo sucedió rápidamente y porque el fin de la escena —además— concluyó por paralizarle. Le pareció que Álvaro se encogía de dolor, como en cámara lenta, y vio las botas golpearle el estómago, sin pasión, cual si se tratase de un castigo programado. Vio que, alrededor, unos curiosos complacidos miraban. Y entonces, tras las patadas y el oscuro encharcamiento de él, aquella sensación de suciedad que condecía tan exactamente con el dolor. La última acción completaría el programa abyecto. Ella no sabía de qué habían hablado, si el asunto tenía o no que ver con la inmediata conversación. (Era probable.) Un gordo con la cabeza casi rapada y rasgos obscenos —por brutales— se agachó, le abrió a Álvaro la bragueta, hizo una mueca de asco y, carraspeando la garganta y estirando los bordes del pantalón, cogió impulso y espesor y le escupió dentro. Luego se marcharon todos entre risas. En ese momento se acercó María. Creía que Álvaro no podía —ni quería— levantarse. Evidentemente le habían pegado con fuerza y se le percibían magulladuras en la cara. No era casual que el suelo pringoso donde estaba retorcido estuviese sembrado —se dio cuenta— de botellas vacías. El mismo charco olía a cerveza barata.

(Ah, los sones de Verlaine en un eterno otoño. Yo quisiera arrastrarme por la vida, insultar su corteza, y devolver música que habla de un reino lejos. La gloria y la basura ¿quién nos libra? Con la contera del bastón atravieso, borracho, el rostro de mi padre, y en medio del olor a hospital y cuartucho atufado, aparecéis vosotros, pálidas oarystis, lánguidas damitas ensoñadas, muchachos del mar del sur, oro que no nos pertenece. Vivo también en permanente otoño. Sueño derrumbado. Maestro mágico, luchamos contra la insuficiencia de la vida.)

VI

Es evidente que tratamos siempre de reconstruir lo perdido. La nostalgia nos lleva atrás, pero el aliciente de un pasado limpio parece crear un futuro luminoso. ¿O acaso, al proponer otro viaje, en los aledaños del verano, María Basturiz pensó en Álvaro y quiso ayudarle? Recordaban el viaje a Marruecos como si todo hubiese ocurrido muchísimo tiempo atrás, y Carlos llegó a mencionar aquello de la nostalgia del desierto. ¿No se acordaban de aquel oro encendido, del calor cegador y lumínico casi con sed? Y Álvaro, que había escuchado sin prestar atención, como si el tema no le afectara, pareció despertarse ante esa *sed.* Se interesó en el asunto del viaje, empezó repentinamente a barajar nombres, y dijo —alegre de súbito— que fueran donde fuesen debían acabar volviendo al desierto. Aunque se tratara de una excursión muy breve. ¿Por qué no ir a Túnez? ¿O a Egipto? De nuevo surgía la atracción de la distancia, el hechizo de lo distinto. Cambiar. Poseer la sensación de que el horizonte era una sorpresa, cierta volición de misterio. Pero se vieron —mediado julio— en el barco que salvaba el estrecho de Messina. Uno de los lugares más bellos de la tierra. El mar tenía un azul muy particular, entre añil y azulón, y la costa, a ambos lados, parecía verse como una panorámica gigante, como si el aire, allí, en esa región, tuviese una cualidad especial, la de dar relieve y verosimilitud a los objetos. Como si todos hubiesen tomado ácido (quizá era eso el *Fata Morgana*), los montes suntuosos, la cristalinidad de la atmósfera, se volvían de lujo sin dejar de ser sencillos: sencillez convertida en magnificencia.

Fue Álvaro quien los convenció para que la etapa previa al desierto fuese Sicilia. ¿Qué buscaba allí? Tampoco lo dijo. Hablaron de los templos clásicos, de la fuerza que todos suponían en aquella tierra, del barroco y delirante palacio de Palagonia —carca de Palermo—, del que les había hablado Ortín en alguna ocasión. Sin duda Sicilia era un lugar inquietante, atractivo, culto, pero nadie esperaba lo que iba a ocurrir, apenas llegados al pequeño hotel de Acireale, bajo el Etna, donde harían su primer campamento. El volcán estaba coronado por una tenue nubecita amarilla, vahos sulfurosos que hacían más temible el retumbar, que de cuando en cuando (como si un atlante estuviera encadenado y preso y gimiera en un sótano profundo) se escuchaba de repente. Cual si todo temblara, aunque nada se movía. Y sin previo aviso, cuando se reunieron en la habitación que era suya y de Carlos, Álvaro dijo que se iba, no de Sicilia, sino que abandonaba el grupo, que tomaría una escueta mochila y que se iría a andar por ahí, quería vagabundear solo. María fue a decir algo (un leve conato de protesta), pero Carlos la detuvo. Había visto la fija mirada de Álvaro. Era inútil tratar de pararle. Su gesto tampoco era casual, sino una idea —al menos una sensación— profunda. Podrían reencontrarse —agregó— aquí en Acireale de nuevo, o en Palermo, un mes después, y cruzar en barco a Tunicia. Pero entendería, claro es, que ellos ya no estuvieran. Era importante ser libres. Y él deseaba estar solo, quería ir sin rumbo, sin meta, con muy poco dinero. De esa manera podría poner la mano en algo escondido. En alguna fuerza que le diese vida...

—Pero ¿qué vida? —gritó María Basturiz cuando Álvaro acababa de salir, con la pequeña mochila a la espalda y unas playeras azules—. Está loco —volvió a chillar—, completamente loco. —Sin embargo lo que María pensó en ese momento, en la burbuja del instante, era más claro: simplemente le atrae la desdicha. Cierto es que casi podría haber formulado la opinión contraria. Pero aquello era lo que sintió: Álvaro creía ser feliz buscando el desequilibrio. Y casi se echó a llorar, porque intuyó fracasado el viaje. Aunque no fue así. Carlos y ella se apuntaron a un *tour* por la isla que, dos días después, salía de Catania y luego se quedaron en Taormina, en un hotelito alemán, en la falda de la montaña, con el jardín lleno de flores rojas, desde el que, cada mañana, bajaban al mar. No vieron nunca a Álvaro ni se toparon con él hasta que (efectivamente poco más de un mes tras la huida) se encontraron en el puerto de Palermo, a punto de abordar la motonave a Túnez. No lo pensaban, pero la realidad suele tejer alfombras densas. Álvaro iba muy sucio, fumaba tabaco en una pipa pequeña, y les presentó a un chico francés, con los ojos de un verdeante muy singular, ofídico se diría, y de nombre Thierry.

En verdad Álvaro no sabía por qué se había ido. Cuando salió del hotel no le guiaba sino el impulso, una fuerza repentina. Con antelación no había previsto huir. Sabía que quería sentirse tocado por el mundo, de alguna manera unido a la tierra, y para ello soñó una suerte de mendicidad. Ir andando y dormir con los labios pegados al suelo. No estaba lejos al estado melancólico anterior al estío. Echó a andar con rumbo a Catania y Siracusa. Quería —o se decía a sí mismo— contemplar las glorias de una tierra directamente formada por las avalanchas de la Historia. Pero aunque esa vocación de ver no fuera mentira, anhelaba sobre todo terraqueidad, como si hiciese una lectura nihilista de las antiguas pastorales. Tocar para sentirse materia, pastor de la nada y del ser, mientras sonaba al fondo la frase que Ortín había repetido y citaba a menudo: «El mundo es un absurdo animado que rueda en el vacío para asombro de sus habitantes.» Prefería las logomaquias de Heidegger, antes que ese regusto de prosa vieja. Pero muchas veces, así, andando junto a una carretera estrecha, procurando trepar cuando podía hacia lo alto —allá el Etna, con corona amarilla— había pensado a menudo en la infinitud, en la extensión pavorosa y pascaliana del espacio, y de ahí había nacido el título del que sería (después) el último de sus libros: *No tener una tumba.* La primera noche —con las piernas rotas, cubierto de una humedad caligiosa a la que se adhería el polvo— miró el cielo. Y lo hizo porque sintió encima una multitud de seres animados que requerían algo desde el fulgor. Miró entonces. Y entendió lo de la Vía Láctea, aquella noche de verano. Como si en un suelo negro hubiese volcado alguien un cántaro cuyos charcos hacía titilar la luz de una candela. Y sintió el miedo de una atracción oscura. ¡Qué raro tener sucios los pantalones viviendo en el infinito de una explosión que no cesa! ¡Qué raro sentir, cuando no debiera ser nada! ¿Sentimientos deleznables? ¿Consideraciones sublimes? Y se sonrió un poco, porque creyó oler —en el aire de la noche— aroma madurante de uvas negras. ¿Vivíamos rodeados de riqueza? ¿O era todo la figuración del vacío? Las cosas perdían sentido frente a aquel cielo lácteo. No éramos nada, nada valíamos y los afanes y las inquietudes, la comezón de la angustia, resultaban en verdad ridículos. ¿Qué importaba mi íntimo morirme, allí, ante distancias y tiempos que superaban mi comprensión hasta la absoluta incógnita? Y se acordó del título del cuadro de Gauguin. Ni somos, ni venimos, ni vamos. Todo es oquedad. Pero, curiosamente, hueco que reluce. Como si estuviera lleno, y tal vez era eso lo que nos equivocaba. Que el vacío también es materia. Y fue sintiendo Álvaro cómo, acurrucado en la tierra, bajo el firmamento, el sueño descendía. Cual si se tratase de un ser de lo alto, bajaba, y blandamente envolviéndote, llevaba a la última verdad. Sabía que se durmió diciendo: «Esto es verdad, verdad. Entro en el hueco. La luz negra...»

A la mañana siguiente (haciendo autostop) le llevaron a Catania. Una ciudad dieciochesca, uniforme, elegante, que le pareció vieja en su unidad y cubierta de ceniza. Como si todos los edificios tuviesen una leve —aunque visible— capa de polvo. El sol le estaba dando vida. El triunfo del carro solar corriendo dentro de su cuerpo, pero ¿para qué? Pues ¿qué buscaba en Catania, en medio del tráfico, con muchas motos que rugían, conducidas por adolescentes con aire sureño y rudo? Y decidió ir al mar, ver el puerto, donde la suciedad y ese aire impúdico debían de ser más alarmantes. Sentía otra vez el apetito antiguo de notarse sucio, de tocar el cieno, como si la inmundicia fuese nobleza. Y allí, en los proís de hierro, donde se lían las maromas de atraque, vio de repente a un chico que le llamó la atención. Tendría unos diecinueve años e iba sucio: vestido de oscuro —muy deslucido todo— con sandalias de cuero (sucios también los pies) y un gorro de paja, como de vagabundo caribeño. Pero como —acaso porque descansaba en el atracadero— llevaba el sombrero algo echado hacia atrás, se le veían los ojos. Y era imposible no mirar. Porque semejaban los ojos de una serpiente dulce. Había algo en ellos, algo venenoso, cual si estuviesen hechos de obsidiana. Aunque poseían también la claridad de un árbol en primavera, cuando el sol aún traspasa, verdeando, el color de las hojas adornándolas de una transparencia fresca. Había algo de acíbar en aquellos ojos, algo amargo, pero asimismo floral, polen, savia, un mineral líquido muy puro. Eran ojos que apelaban al mal, pero también a la dulzura.

Asesino y doncella comulgante. Y se quedó parado, contemplando. Y el chico le miró a él y le sonrió. La sonrisa era atractiva, por inesperada, porque parecía frío, distante, enemigo de lo amable. Pero a estas alturas debiéramos saber que Álvaro se sentía inclinado a las contradicciones. Y además se entendieron en seguida. El muchacho (Thierry) era francés y estaba recorriendo el sur de Europa, al azar, sin ningún propósito. «Como yo», replicó Álvaro. Hablaron mezclando el francés y el español, que Thierry había estudiado algo. Comentaron que no sabían lo que les interesaba, pero que percibían la pulsión de algo indefinible. Una vocación de ruta. ¿Por qué? Resultaba absurdo el interrogante. Probablemente vivir era prescindir de él. Dejarse llevar, como se está al sol. Se fueron dando cuenta, allí entre el moderado tráfico del puerto —sucio, en efecto sucio—, que quizá querían lo mismo. Que estaban en la misma ignorancia.

«¿Querrías venirte a Siracusa?», propuso Álvaro. (No había transcurrido media hora.) Y Thierry, con aquella sonrisita invulnerable y tan frágil, le respondió con algo que sonaba a verso: «¡Qué, quieres que muramos juntos, ¿no?» Y aunque compartieron la hilaridad, no quedaba duda. Ése era el reto que —paradójicamente— los hacía respirar. Deshacerse de la vida en el propio fervor de su plenitud. Ícaros cuyo sol estaba por todos lados. ¿Por qué Siracusa? Un nombre lleno de resonancias que, probablemente, no encontrarían. Una incitación a andar. El sitial de un sueño que tampoco soñaban. Era iniciar la aventura. La de sí mismos. Y de repente (ya sabiendo que andarían juntos) Álvaro se lo dijo. Le había ido pareciendo evidente mientras hablaban. Thierry se parecía a Rimbaud. Tenía el mismo aire de fuga en la mirada. También la sensación de infierno. El francés volvió a reír, ahí, bajo el sol, bajo el sombrero de paja. ¿Rimbaud? E hizo un gesto que implicaba complacencia y desdén al mismo tiempo. Cierto que Thierry llevaba la transgresión encima, y ello incluso físicamente se le notaba. Empezaron a sentir complicidad. Camino de Siracusa, sabían que algo harían juntos, que un hilillo sutil los enganchaba como a amantes bizarros. Y mientras andaban e intentaban hacer autostop, cuando el calor ya iba apretando, mirándose el dedo enhiesto que solicitaba parada, volvieron a reír, de nuevo, con un júbilo injustificado y por ello más rotundo. Thierry dijo: «¿Crees que alguien nos va a coger con esta pinta?» Y sin dejar de reír, Álvaro replicaba: «Alguna tía que quiera violarnos. Dos por uno.» Y el sol crecía y sentían que empezaba el sudor, y les nacía la impresión de que tenía que ocurrir algo grande.

Los llevó un camionero gordo, en camiseta, que hablaba con acento áspero, y les echó una ojeada con un puntito de envidia. «¿Qué hacéis en Sicilia, así, y sin céntimo?» Y ellos fabricaron una trivial respuesta artística que el conductor puso cara de no creer. Luego inició una letanía —sin dejar de mirar a la carretera, y que entendieron sólo a retazos— que proclamaba que sin dinero la vida es perra, que todo es chungo sin dinero (ni las mujeres te quieren), pero que, claro, es muy bonito eso de andar por ahí, sin rumbo, como si fuese todo feliz... «*Come si tutto fosse felice.*» ¿Lo entendieron bien? De repente les había dicho algo grande, algo que estaban sintiendo en el pecho —y se miraron— mientras entraba un viento cálido y con perfume a tierra por la ventanilla, y en el aire, sobre el asfalto y junto al volcán, se formaban esas nubecillas, como cendales tenues, que produce el calor en la vibración de la atmósfera. Si todo fuese feliz... ¿y no lo parecía? El verde extraño de los ojos de Thierry, la sensación gozosamente sucia y fresca que emanaban sus cuerpos, la autocomplacencia de Álvaro, aposentado, seguro, con la palpitación táctil de la inminencia, ¿no era como si la felicidad dependiese del viento, y allí, a punto del mediodía, el soplo fuese favorable?

Pararon en el centro de la ciudad y ahí bajaron. Sin saber por qué Álvaro quería ver la fuente de Aretusa. Pero soñaba en un lugar donde bañarse, un manantial de agua traslúcida, quizá en el inicio de un bosquecillo mediterráneo. Por el contrario, la fuente mítica se hallaba en el centro de la ciudad y era un pequeño estanque con carrizos, en la bajada de una escalerita, desde la que se dominaba la movilidad del mar. En un ángulo —entre mínimas rocas y bejucos— parecía fluir, con leve gorgoteo, aquel agua que (según leyera antaño) procedía, bajo el océano, de la misma Grecia. Hacía mucho calor, quemaba el sol, y Thierry y él —sudorosos— se sentaron en la escalerilla. ¿Era la felicidad un tiempo que de repente llega y en seguida se va? Y, en realidad, ¿desde qué lado buscaban ellos la dicha? ¿Consideraban que era terreno de altura o pretendían descender, y estaba bien así que el hontanar de Aretusa resultase una decepción, ni siquiera apta para el turismo? No lejos estaba la barroca fachada de la catedral, construida aprovechando las columnas dóricas del antiguo templo de Minerva. El frontis catedralicio desenrollaba rocallas empenachadas, pero en el muro lateral asomaba el mármol antiguo, lo que cautivó a Álvaro. Entraron, y le hizo notar a Thierry la extrañeza (la acumulación histórica) que representaba aquella flagrante simbiosis viva: columna y flabelos contrarreformistas que coronaban el conjunto sin destruirlo. Era muy dulce el frescor del interior del templo. Se sentaron en un banco. Notó la ausencia de Thierry, como si algo le desenganchase de la tierra. Sí, ¿qué buscaban, adónde iban? La pregunta no había cesado de rondarles. Y Álvaro creyó presentir que esa pregunta era el meollo, la pauta de su relación. Y que lo que Thierry quería era deshacerse de sí mismo, a través de un descenso. ¿Se hallaba él dispuesto? Thierry buscaba la sensación de la nada y entendía que su ausencia era un mancha. Es decir que había que degradarse, había que dejar que las fuerzas negativas entraran en uno, para comprobar y percibir así el vacío. Tratar de dejar blanca la mente: su obsesión, su camino anhelado. Notó que al francés no le interesaba esa mezcla de historia y arte, violenta y plácidamente fusionados, que miraban dentro de la iglesia, o que si algún movimiento le provocaba era como decorado. Había que intentar *manchar* la mente, tener la experiencia de la oquedad, volverse hueco, pero ¿cómo se hacía? Vio que Thierry se levantaba y comenzaba, ensimismado, a andar. Le siguió despacio. Dieron la vuelta al templo, y, ante aquellas sorprendentes columnas dóricas enmuradas, le oyó decir, muy bajo: «Tendríamos que ser así. Saber resistir.» Y salieron.

En las afueras de Siracusa —caminaron por la playa— hallaron de repente, cerca de lo que parecía un barrio humilde, con casas de ladrillo y manchas de humedad, una suerte de campamento nómada. Como si fuese un lugar convenido, junto a un chiringuito muy rústico y una tienda de campaña vieja, parecían ir reuniéndose allí un grupo de mendigos. Iban llegando a medida que el sol, muy lentamente, se ponía. Parecía una gran naranja en el horizonte del mar, y los parias llegaban como si volviesen a casa luego de apaciguado el calor. Álvaro y Thierry se habían quedado mirando el crepúsculo y tuvieron que fijarse en esa secuela de desarrapados que iban llegando precisamente a aquel lugar, a aquel fragmento de playa, vestidos además casi como si fuese invierno. Jerseys astrosos que habían perdido el color, pantalones planchados de aceite, manchas innominables en las zapatillas deportivas, cartones en plancha bajo el brazo, bolsas de red con botellas vacías, otras en la mano, de vino y a medio vaciar, barbas como untadas de petróleo, cabellos crespos, erectos, rígidos. ¿Qué costumbre —porque debía de ser un hábito— los llevaba ahí a aquellas gentes, a una playa mitológica, que (y ahora se daban cuenta) estaba insólitamente sucia, incluso con trapos enredados a la arena? Los mendigos se fueron sentando en grupos, y algunos extendieron mantas que parecían residuos de una guerra pretérita. «¿Nos liamos un peta?», propuso Thierry. Y Álvaro lo entendió en seguida. ¿Por qué marcharse? Probablemente el chico no lo buscaba, pero se había encontrado con un correlato objetivo. ¿O no era —y seguramente lo era— la primera vez que iba a pasar la noche entre mendigos? Calentaba el hachís en la mano, y miraba a Álvaro diciéndole en silencio: ¡Adelante, chico, ten confianza! El mundo no es mucho mejor que esto. Ahora vas a pasearte por la condición humana. Olvidamos las fachadas barrocas, ese sueño vago de Aretusa. Éste es el plato que tu paladar soñaba. No hay que sentirse ajeno. El corazón no es diferente de esta resinosa playa...

Cuando se hizo de noche y se dejó ver una luna muy pequeña, de la ciudad y del barrio llegaba un tenue resplandor de farolas, pero todo permanecía oscuro. El ruido de las olas se mezclaba a un extraño runruneo, turbado por gritos y risotadas esporádicas, y a sombras estrafalarias en la llama de una fogata hecha para iluminar lo oscuro. Se escuchó un eructo y el ruido de una botella al golpear con otra vacía. La brisa arrastraba un olor denso, grasiento, un olor a carne abusada de día. Thierry y Álvaro, fumando otra vez, se habían ido acercando poco a poco. Estaban cerca —sentados en la arena— de un hombre solo, quizá apenas rebasados los cuarenta años, con la barba muy negra y brillando de mugre. Tenía dos botellas a su lado y de cuando en cuando lanzaba una risa solitaria y algo vacía. Se había quitado los pantalones y una camisa oscura le colgaba sobre unos calzoncillos que resultaban blancos en la negritud. El olor que emanaba era sin embargo muy fuerte: agua estancada y sudor rancio. «Creo que me van a dar náuseas», dijo Álvaro. Pero el francés no pareció escuchar. «Lo leí en alguna parte —respondió— *Verde noche de Paestum.* Mira, ésta es también una noche de color verde. El fuego vuelve verde la arena, y hasta se diría que la cara de ese hombre es verde también... ¿Por qué se habrá vuelto todo verde?» Y miraba a Álvaro con sus ojos ofídicos, como si en ese momento sintiese algo especial. Como si una voz interior —del verde color de la absenta— le sugiriese otra frontera. Se desnudó y dijo que se iba a bañar. Álvaro decidió seguirle. El agua del mar —apaciguada— tenía una suerte de densidad atractiva. Y apenas estaba fría. Aunque era curioso reír allí, entre el oleaje manso, con risitas cortas, extraños de sí mismos, mientras el resplandor de la luna y la hoguera les titilaba en la piel, delante de aquellos mendigos que semejaban un campamento zíngaro en derrota. Era evidente que Thierry pretendía algo. Pero Álvaro no lo supo hasta que vio a su amigo hacerle señas (señales muy circunspectas, iniciáticas) al hombre de la barba sucia y las botellas de vino. Él se dio cuenta —de los gestos, acaso de la presencia no— y se echó a reír. Una vieja miró asustada, pero tornó en seguida a su ensimismamiento. Y entonces, mientras se frotaba el pecho con el agua del mar, Thierry le dijo a Álvaro que se iba a dormir con *Gauguin.* (Inexplicablemente había llamado así al mendigo, desde que le vio sentado, coloreado por las lenguas de fuego.) Y agregó: «Búscate a alguien para pasar la noche.» Álvaro se vio salir del agua desnudo (salía despacio, atónito) y notó esa desnudez como un ofrecimiento no deseado. Mientras, Thierry llegó hasta *Gauguin,* pareció que le pedía una botella, bebió un sorbo, sonriendo, y le besó en los labios. Un beso que —contemplado— pareció profundo. Y se quedó sentado junto a él, desnudo, hablando algo imperceptible, mientras de cuando en cuando se repetía, absurda, la risa del otro. Álvaro pensó estúpidamente —mientras daba saltitos e intentaba secarse con su camiseta— que se iban a dar cuenta, que los demás —incluida aquella vieja que se había sobresaltado— iban a percatarse de los besos (se repitió la acción) y a montar quizá una bullanga. Pensó en una suerte de escena de *Viridiana,* con los mendigos riendo burdamente y arrojando cascotes sobre los adúlteros. Y mientras se sentaba sobre su ropa y veía que la llama de la fogata iba decreciendo, creyó percibir que los restantes acampados se daban cuenta —vagamente— y no decían nada. Más bien hubiera dicho que aquellos ojos pitañosos y hondos lo que sentían no era rencor, sino envidia. Porque se extendió una suerte de velo de silencio, y el sonido del mar sobresalió notable... Sí, estaba de tanto en tanto la risotada del de la barba negruzca y los calzoncillos, pero Thierry lo había echado blandamente sobre la arena, y como si estuvieran solos, procedía a chuparle sin pudor. El hombre hacía gestos turbados con el rostro y de vez en vez, con leve crispación, le mesaba al chico los cabellos.

Otra mañana —muy temprano— cuando tomaron la carretera hacia Módica, Thierry dijo que le había hecho daño al follarle (Álvaro no había podido dejar de mirar), pero que *Gauguin* siempre creyó que lo hacía con una mujer. «Puta», repetido muchas veces, sin ironía, fue su única palabra. Y Álvaro no se atrevió a decir que se quedó a un lado, que había dormido vestido y solo sobre la arena tibia, mirando a aquella vieja que no le hacía caso. Pero Thierry desdeñosamente añadió: «Eres un estúpido. Has desperdiciado una noche de absenta...» Y volvieron a ver que el sol subía. Cuando a uno nada le importa —pensó Álvaro—, ¿se desprende de la vida o penetra en ella, más dentro? Thierry quería ser destruido por la vida —lo que significaba asumirla por entero— y para eso se abandonaba, rompía las barreras de las convenciones. Iban rumbo a Agrigento y fue otra vez un camión el que los llevó a las proximidades. (Probablemente su aspecto no era muy alentador para los conductores de utilitarios.) Llegaron andando al caer la tarde. Y a Álvaro le pareció hermoso aquel quebrado en la roca, con la ciudad a un lado y los viejos templos de piedra al otro, en lo alto. Decidieron colarse (no era difícil) y dormir dentro del antiguo recinto sagrado. Mientras tanto fueron a comer pedazos de *pizza* en un puesto callejero. Los dedos de Thierry estaban sucios. Se lavaba a salto de mata, no se secaba y frotaba los dedos en los vaqueros llenos de polvo. Álvaro no se sentía distinto, pero ponía menor interés en la desidia.

«¿Te gustaba *Gauguin?*», preguntó Álvaro.

«Sí, en cierto sentido. Me gusta notar los límites. Y él era un límite. Por cierto, mi buen amigo —respondió riéndose Thierry, mezclando seriedad y zumbonería—, ¿no has sentido nunca lo que significa que te caiga una meada encima?» Estaban concluyendo de comer la *pizza,* y el francés escupió un trocito mientras hablaba: «Fíjate, si yo amase a alguien, si me sintiese muy unido, íntimamente unido, tendría que saber mearme con esa persona, tendría que sentir el calor de mearnos juntos...» Álvaro rió también, concluyendo un sorbo de una cerveza no muy fría. Pensó decir: No te atreverías. Pero supo que sí, y lo que sintió de pronto —sin hablar— cuando comenzaron a subir hacia los templos por un camino de arena, mientras iluminaban las primeras luces, era una suerte de *satori,* un deslumbramiento que tendría que llamar oscuro. Estaba en el fondo de un pozo, no esperaba a nadie, no ansiaba nada, no deseaba nada, y percibía que su propia carne, su cuerpo, se volvía tierra, sin dejar de sentir la conciencia muy profunda de la psique. Notaba que la abyección, el abandono, la dejadez, se volvían luz terráquea, una especie de escoria, pero brasa sensitiva. Se iluminaba lo mismo que una profunda geoda a la que metiesen una potente bombilla dentro. Sabía quién era —fuertemente— y se sentía parte del cosmos. Arcilla y basura, pero fuego todo. ¿Eran eso las palabras de Thierry? ¿Ese abandono a la pura materia sensitiva? ¡Qué hermosos eran los templos! Recordó imágenes románticas que parecían surrealistas. Y ahí la luna lucía más grande. Vestía las piedras de albura. El mundo parecía lleno y vacío. Como si aquellas construcciones no perteneciesen a un tiempo histórico, aunque fuese pasado, sino que se tratase de restos de antiguas civilizaciones, anteriores a la Historia, y de naturaleza orgiástica, como Pan. Dieron vueltas, deambularon por aquel lugar en el que a esa hora no podían estar. Y Thierry concluyó hallando un hueco, entre unas plantas bajas, como bojes más grandes, acaso mirtos, desde donde se divisaba el templo más alto. Se medio tumbaron sobre unos jerseys y el francés le pidió que cargase más el porro. Tenía que ser otra noche de absenta. Y repitió: «*Verde noche de Paestum.*»

Es difícil narrar hechos cuya significación los trasciende. Álvaro llegó a contar a sus amigos —más tarde, el curso siguiente, después de Túnez— que había hablado muy poco con Thierry. Supo que tenía una amiga sueca en París. Que detestaba la vida. Que había intentado suicidarse varias veces con cuchillas de afeitar, pero que el tajo nunca fue lo necesariamente hondo. Era extraño: Thierry amaba vivir y deseaba estar muerto. Pero *la vida* ocurría para él a un nivel distinto. Era una búsqueda interior, apasionada, salvaje. Destinada a socavar los límites, y precisamente así, vivir: en el fondo del fuego. Una noche —mirando los templos griegos— Thierry se apretó contra Álvaro, y éste notó el aliento, como el canto de un pájaro tranquilo. Y supo que ocurriría algo. Sintió que su amigo se excitaba y dejaba de hacerlo. Y se tocaban y buscaban, inconcretamente. Y en un instante, cuando sus miembros se rozaban fuera de la bragueta (no se quitaron los pantalones), oyó que Thierry susurraba, cerca del jadeo: «¡Hazlo, hazlo!» Y cuando el líquido amarillo y caliente empezó a salir, como manando, el otro le apretó muy fuerte para mojarse. Y Álvaro notó en seguida que también él se empapaba. Sentía como si hubiese eyaculado, sabía que no había ocurrido. Era una honda e indecible comunión con Thierry. Como aquellos chicos de pueblo, tiempo atrás, que se hacían hermanos de sangre. ¿No sonaría ridículo —o sucio— *hermanos de orín*? Al amanecer se arrastraron bajo las alambradas y notaron que el polvo se pegaba aún a la humedad de sus ingles...

Bajaron hasta Porto Empedocle, porque era un nombre turbador, y habían decidido no bañarse, sino en el mar. Iban desgreñados, el pelo revuelto y fosco, y la gente los miraba con oscuro recelo, aunque notaban también —al paso— atisbos de simpatía. ¿Quiénes serían esos muchachos con el cabello largo, ojos hermosos y distintos y tejanos cual si hubiesen arreglado maquinaria oxidada? Se sentían libres, abiertos, terrestres. Vagando día tras día. Como si el pensamiento se fuera interiorizando y cada vez hubiese menos necesidad de hablar, porque sólo importaba el flujo interior de la conciencia. Como si el mundo fuese dejando de afectarlos, precisamente porque lo ingerían y se quedaba al fondo, vuelto semilla y silencio.

Después del baño en el mar matutino (entre unas rocas que permitían, sin reclamo, la desnudez), un señor serio, vestido de negro como un notario de novela realista, los llevó en un coche destartalado —un Fiat de los años sesenta— hacia Palermo. No sabían cuánto habían estado en Porto Empedocle. Se detuvieron en un pequeño bar de la carretera a la altura de Marsala. Parecía un paisaje africano, y ello le recordó a Álvaro que existían unos amigos lejanos con los que había acordado contemplar el desierto de Tunicia. En el barrio antiguo de Palermo —de tanto sabor a España—, Thierry anduvo en busca de hachís. Durmieron en la calle y empezaron a sentir el estómago vacío. No sólo porque comían poco, sino por el propio desorden de esas comidas. Se lavaban en las fuentes, fumaban mucho, compartían botellas de cerveza con mendigos que encontraban por la calle, y se sentaban juntos —dormitando luego— en el interior de los parques. Tenían la sensación —sin contarla— de que quizá, repentinamente, podrían desaparecer, disolverse en la tierra. Quizá algún día al despertarse, con el fuerte nacimiento del sol, Álvaro notase —creyó— en medio del abotagamiento decreciente, que ya no sabía quién era ni cómo se llamaba... Y en Thierry —tampoco importaba su nombre— vería sólo un cómplice, un igual. Otro ser que se iba transformando en arenisca viva. Materia mineral, dotada aún de sentido. Por eso les gustaban los mendigos: por su mineralidad, por el caparazón coriáceo que la realidad deposita en ellos, endureciéndolos. Seres casi sin voz, que han convertido la vida —acaso con dolor— en una sustancia densa, una suerte de yema prieta que vive en el interior de su alma, como materia volcánica sin salida.

Una mujer les preguntó una tarde —era el crepúsculo, estaban junto al puerto— si necesitaban algo. Álvaro respondió que no con la cabeza, esbozando una sonrisa vaga, y Thierry quedó inmóvil, como si nada hubiera oído. No existía el tiempo. Un día después otro camionero —los particulares solían como sabemos pasar de largo— los dejó en Cefalú. El mar estaba bravo junto a las casas medievales (aquel paisaje de fondo de tabla flamenca), pero se bañaron en un borde del pueblo, entre el chapoteo blanco de las olas. Y cuando se sentaron en la plaza de la Catedral, húmedos aún, Álvaro —saliendo repentinamente del estupor mudo en que vivía— sintió que debía renunciar o morir. Había muchos jóvenes indolentes en la escalinata. Pensó en reencontrar a María y a Carlos, en cruzar a Túnez. Y notó (precisamente porque volvía la conciencia activa) lo que era la experiencia de la nada. Al vacío se llegaba —los budistas tenían razón— por un puente de hierro. Y entonces —oía de nuevo los ruidos, las charlas que los rodeaban— le dijo a Thierry que quería volver a Palermo porque debía encontrar a unos amigos... Y el otro le siguió porque le daba exactamente igual la dirección del camino. Y la casualidad —sólo la casualidad, por cierto— hizo que se encontrasen todos en el puerto, aguardando la motonave a África.

Después, cuando Carlos se decidió a trazar el retrato de Álvaro, le pidió a María que le diese su impresión de aquellos momentos, porque le había parecido que ella quedó particularmente impresionada esos días. He aquí fragmentos de la cinta magnetofónica grabada, con retoques leves al estilo hablado:

«Al principio pensé: parece un chico guapo,

con aquellos ojos de serpiente entre azul y verde. Pero en seguida, mirándolos a los dos tan sucios, tan callados —después de la corta presentación—, me acuerdo que miré a otro lado y me dije: Este chico ha hecho daño a Álvaro. ¿Qué les ha pasado? Y pregunté, tú lo viste. Quise saber cordialmente qué habían hecho y en qué habían pasado los días de Sicilia. Y yo sonreía y Thierry ni me miró y Álvaro —cuando opté por tirarle suavemente del niki, que despedía un extraño olor a caldo invernal— me sonrió y dijo: "No hemos hecho nada. Ir de un lado a otro." Y el sol en cubierta, y el viento que soplaba caliente los convertía en pordioseros surgidos de alguna guerra siniestra. Y entonces fue cuando pensé (por Thierry) este chico es un criminal. Estoy segura que es un criminal... Y él miró hacia mí, con un rostro insólitamente inexpresivo, y me dije: Lo ha oído. ¡Seguro!»

* * *

«Noté que Álvaro —como supusimos cuando se marchó— había buscado algo destructivo. Parecía estar en una situación dual. De una parte era como Thierry, no se cuidaba. Me parecía un viejo mongol que deja inmutable que el polvo del desierto se aposente en las arrugas de su cara. Semejaba desinteresado de todo, ido, obtuso. Pero de repente se iluminaba, intuías que había acumulado una fuerza inmensa en su interior. Y yo a veces decía: "Va a gritar. Gritará de un momento a otro." Y lo hizo un día, cuando caminábamos por el gran zoco de Túnez. Recuerdo que chilló disparatadamente, como si dejase escapar a un pájaro adunco que vivía dentro, y todos los que trajinaban por las callecitas, aquellos que estaban sentados o en cuclillas a la puerta de tiendecillas abigarradas, miraron con sorpresa y alarma, pero vieron a aquel chico sucio y con el pelo largo, y debieron de pensar: ¡Bah, un extranjero chalado! Y Thierry no miró. Thierry nos odiaba, Carlos. Porque Álvaro abandonaba el descenso. Aquel grito quería decir, estoy segura, que abandonaba el descenso... Y está claro que el francés buscaba un compañero de muerte. Apretado y silencioso compañero de muerte.»

* * *

«Me acuerdo cuando el coche alquilado nos llevaba hacia el sur. ¿Cómo expresarlo? Era, otra vez, el reino del calor. Pero era tan traslúcido el aire, que parecíamos vivir en un horno de vidrio. Todo amarillo, gris, azul... Colores puros. Una fuerza que hacía temblar el corazón. Creo que Kairouan no le gustó a Álvaro porque era demasiado turístico, y estaba claro —era evidente— que él necesitaba fuerza. Era lo que había ido a buscar vagabundeando por Sicilia, sin que lo supiéramos al inicio. Y para él esa vibración íntima surgía de lo primitivo. Eso está muy bien contado en *No tener una tumba.* Tumba es todo lo que ata y paraliza (aunque exista la fascinación de la serpiente), y la vida es un fuego, una sacudida, que paradójicamente destruye también, aunque no como la tumba, blanqueando y secando... Vi todo eso cuando pasamos por El Djem. Aquel poblacho en el que destaca, exuberante, un anfiteatro romano, casi colosal, en piedra... ¿Qué significaba aquello? Llegábamos mojados por el calor, con el olor del tabaco de pipa endulzando aquel aire tórrido. Todo parecía feo, achatado, demolido por el tiempo, convertido en polvo oscuro, pero aquella mole en medio del desierto, era como si brotase agua... Vi la fuerza moviéndose en los ojos de Álvaro, a quien nadie habíamos comentado su horrible aspecto. Es como si hubiera visto que algo, una energía desconocida (viva en él) sostuviese enteramente, axialmente, el universo... Pero yo no sé qué buscaba él. Solamente sé que buscaba algo. Más que interesarle el sol o la Historia, era como si se hubiera percatado que del fondo de la desnutrición, del fondo de la aridez creadora, germinadora, surgía algo que él mismo no aguardaba ya. Fuerza es el nombre más fácil. Miraba el anfiteatro de El Djem absorto, transverberado, en medio de aquel olor espantable...»

* * *

«Cuando Thierry huyo pensé que Álvaro se iría detrás. Era en aquel hotelucho de Gafsa, con ventiladores en el techo. ¡Olía tan mal Thierry!... Le gustaba enseñar las manchas, eructar aumentando el sonido, nunca cerraba la puerta cuando iba al váter, en el pasillo... Y te miraba con aquelos ojos verdosos de desprecio... ¿Qué quería aquel imbécil? Había estado por la noche con Álvaro. Quiero decir que no salieron de la habitación. Por la mañana había desaparecido, y Álvaro vino con aquello de que se había ido con un hombre azul, con un tipo de esas tribus del fondo del desierto... ¿Crees que fue verdad? Ese chico era un coprófilo. Lo que amaba de verdad era la basura y su intento... Aunque quizá sea injusta. Supongo que era un ser desesperado. Y Álvaro también lo era. Sólo que Álvaro deseaba una salida a su desesperanza, anhelaba ver luz, aunque fuese negra, y Thierry sólo parecía interesado en el hundimiento, solo en la arena que finalmente lo ahogase... Me parece que Álvaro quiso querer a Thierry. Pero era muy difícil. Y por eso se marchó, da igual adónde. Probablemente al desierto, sí, a que lo matase alguien. ¿Habrá ocurrido? Él quería hundirse en la nada, y Álvaro quería que lo liberase la luz, que le diese fuerza... Por eso me acuerdo tanto del día de M'Dilla. La arena amarilla, otra vez, bajo el sol, y aquellos conatos de palmeral al fondo. En verdad, M'Dilla es un poblado horrible, y llegamos cansados, cubiertos todos de ese polvillo casi imperceptible, y que en el desierto entra hasta más allá del paladar. Hacía un tremendo calor, y todo el mundo parecía sucio y mendigo. Te miraban con sorpresa, ¿qué hacíamos en el confín del mundo? Pero fuimos —¿te acuerdas?— con el coche hasta el borde de un camino terrero, sacudido por el sol y un viento de hornalla, y allí ocurrió aquel acto absurdo de Álvaro. Pero vital después de todo, porque aparte del calor abrumador y de aquel día oscuro, triste, en el hotelucho de Gafsa, se sintió de repente distinto, clamoroso, y hablaba de regresar a Madrid. Y decía alguna cosa del amor

—cuando íbamos a M'Dilla— y que teníamos que hacer algo con nuestra vida... Todo empezó (o saltó) a partir de ese instante inesperado en que, desnudándose, Álvaro echó a correr por la arena, gritando, y comenzó a bañarse en ella, mientras le decíamos que se iba a quemar, que estaba loco, que le daría una insolación, mientras veíamos cómo aquel polvo desmenuzado resbalaba por su piel morena y se pegaba al vello corto de las piernas y le ensuciaba el cabello —se levantaba, caía— con aquel aire de irreal iluminado, de capricho surrealista... Recuerdo que fuimos a sacarle del arenal y ardía. Aunque aún no era el meridiano, parecía el sol un gran cangrejo de oro en el cielo, y todo se preparaba para esa suspensión de la respiración que llega un poco más tarde, cuando el mundo se vuelve intransitable y transparente por la luz mineral... A partir de ahí quiso insistentemente retornar, volver a casa, trabajar (hablaba de *trabajar* exactamente) y tiró la ropa asquerosa que llevaba en Sicilia... ¡Qué viaje tan estúpido, Santo Dios! ¿Qué hizo en ese viaje? ¿Vegetó? Y sin embargo qué bella es la escena de la arena en *No tener una tumba*. Aquello del dios desenterrado y desnudo. Pero cuando volvíamos me dije: Álvaro es éste. Álvaro ha salido ahora de la pestilencia...»

VII

Llegó el otoño y pareció cambiar. No físicamente, ni siquiera en lo que atañe a aficiones. Al contrario, nuestro amigo se entregó con renovado ardor a sus hábitos de lectura y volvió a ir a algunas clases. Cuando hablaba se arrebataba, se rebelaba, se encendía. También en ello moraba la subversión de siempre, pero, visto en las apariencias, Álvaro se había vuelto disciplinado y metódico. Al principio de aquel cuarto curso, incluso madrugaba. Se diría que toda su furia moraba dentro, y que, como tantos hacemos, había decidido encauzarla o contenerla. Visitaba a Ortín y trabajaba mucho. Hablaba de su destino como profesor, nos veía a María y a mí, y me parece que en esos días regulares escribió la mayor parte de su último (o casi último) libro: *No tener una tumba*. Son poemas cortos, concentrados, pero llenos de imágenes fulgurantes. El lenguaje se interiorizaba y adensaba, sin llegar a romperse. Hubiese recordado a Celan, sin ese lado de ruptura. Álvaro —pienso—, de un modo esencial a su hacer, quería ser entendido. A veces nos leyó poemas en mi casa, de noche, bebiendo ginebra (su bebida favorita en ese periodo), y cuando el poema obraba su efecto en María y en mí, es decir, cuando él veía nuestra vibración con las palabras, sonreía de un modo especial. Como siempre, su poesía era tensa, fuerte, no desdeñando ningún tipo de material, pero sometida a la intensidad y al gusto. *Lluvia de oro* fue uno de los poemas que nos leyó entonces, en el otoño. Eran todos poemas sobre la abyección, sobre un sentirse parte miserable de la tierra. La sórdida experiencia de Sicilia. Pero no nos atrevíamos a preguntarle nada, o apenas nada. Quizá Álvaro nunca pareció más correcto que entonces. Más pausado, pese al oscuro brillo de los poemas *(amarillo y azul el muslo del cometa / —inundación de silencio— / en la rama arriba...)*, ¿cómo sugerirle qué había hecho entonces, qué había sentido? Sólo podíamos pedirle explicaciones técnicas, aunque a veces, muy de tarde en tarde, decía algo: «No volveré a vivir así. No podría». Otro poema de aquellos días fue *Saliva de sepulcro*. La vida era el esputo que, muy lentamente, se forma en la garganta, para acabar expulsado al barro. Vida vuelta basura. O inmundicia quizá que vuelve a lo inmundo. Sí, hay imágenes lumínicas (incluso abundantes), pero todo es duro y hosco. Salíamos juntos como en los primeros días de Facultad. María Basturiz tuvo la fugaz ilusión —porque alguna noche, como sin importancia, terminaron marchándose— que podría revivir su fugaz historia. Pero no ocurrió así. Malasaña, por donde volvimos, era un barrio más estropeado y activo, donde pululaban las broncas y la droga. Los socialistas anunciaban que iban a legalizar el consumo. Fumábamos y bebíamos, pero hablábamos sobre todo de libros y muy especialmente de poesía. Álvaro se sentía deslumbrado por las *Elegias de Duino* que acababa de leer. Pero de repente, entre el bullicio nocturno, podía decirte: «A veces me siento muy optimista, ¿sabes, Carlos? Creo que el cuerpo puede abrirse en un impulso mental y alcanzar el universo. Creo que vamos hacia un mundo de plenitud y belleza. Un mundo hermosamente desnudo, como el sueño de una égloga. Pero en otros momentos pienso que no vamos a conseguirlo, que es imposible. Que hay una gran mancha negra en el interior de nuestras cabezas, y que luchamos con la infinitud. Además, ¿la hermosura no sería alcanzar ya el universo, descansar finalmente en él?» Era en los días de la Navidad. Estábamos bebiendo solos, en medio de un estrépito de estudiantes. Me reí de él. No me interesaba plantearme *el universo*, y hasta creo que le respondí a Álvaro, que parecía un *hippy* trasnochado. Y no me desdigo, porque, en un sentido profundo (esto es, romántico), indudablemente lo era. Y lo íbamos a constatar muy pronto. Tuve la sensación aquellos días de que Álvaro (veintiún años) había alcanzado la madurez, si es que en la movilidad existe. Escribió: *El sentimiento, examinado, duele*. Y de repente —después del verano— lograba contener el dolor. Pero entonces debí yo percatarme de que tal dolor continuaba allí, y creciendo. Un Álvaro trabajador, mesurado, equilibrado, ¿por qué se desmoronó, allá por la primavera, como hielo que se desune? ¿Por qué ocurrió? Hablaba de malestar, y físicamente de insomnio. No podía dormir. Y mientras velaba, la imposibilidad surgía en su mente. ¿Imposibilidad?, dije. Me explicó que era una angustia profunda, una suerte de íncubo de dientecillos hábiles. Pero que, de repente, imposible a toda acción, se sentía al borde de la muerte. Amaba tanto conocerse, notarse en la corriente del ser —si lo que nos enaltece pertenece a esa corriente— que era imprescindible morir. ¿Se podría morir de vivir? En realidad, trivialmente, es obvio que todos morimos de vida. Pero el apetito de vivir, su propio estar ocurriendo ¿acorta, como un atajo, el camino del fin? Entonces le dio por pasear largamente, solitario, de madrugada. Y me dijo que sólo hallaba alivio en quienes sufrían. Su trastorno, *su malestar*, se mitigaba con el que suponía u observaba en otros: los que pasean los acantilados de la vida. Se internaba en el Malasaña de los bares casi cerrados —había uno por allí, grimoso, que permanecía abierto de amanecida, lleno de tahúres y de gente sin casa— y se sentaba junto a los que vendían o buscaban *caballo*. Gente escuálida, nerviosa, sin otro objetivo que la supervivencia. Miraba a los que nadie sabe de qué viven, que sablean, deambulan, que se hacen café malo, con leche condensada, en el cuartucho de un hostal, y en ello consiste su único diario alimento. Se sentía cercano a ellos porque —según Álvaro— los devoraba la vida. Es decir, vivían hasta el borde de la muerte. Como un caballero en un cuadro de Friedrich, al borde del abismo. (Pensaría en *El viajero sobre el mar de nubes*.) Seres que se complacen (¿se complacen?) en una agonía que les vive y aniquila. Y luego seguía andando, Madrid abajo, hacia el río, hasta que, ya amanecido, podía retornar a casa —extenuado— y dormir. Un sueño —contaba— activo y breve. Esos sueños son los poemas últimos (me parece) de *No tener una tumba*, su mejor título. María y yo comenzamos a alarmarnos con su delgadez, pues comía muy poco, y aumentó las copas de ginebra, que parecían causarle corto efecto. Un día su madre me llamó por teléfono: Carlos, ¿sabes si a Álvaro le ocurre algo especial? No tiene apetito. Pero se niega a ir al médico. Tuve que decir que no debía ser nada (¿qué podía decirle yo?), que probablemente había trabajado mucho en los últimos meses. Álvaro era breve en sus concentraciones súbitas. Sería como recargar pilas. Me contestó que su padre opinaba lo mismo. No hubo más llamadas. Pero Álvaro —sabíamos— seguía caminando la noche. Y ahí vino el asunto de la puta. En una esquina de Gran Vía vio —muy alta la madrugada— a una mujer mayor que hacía allí la carrera. Estática, tranquila, levemente ida, abrumada por un peso tal que ya ni le importaba, como si en sí mismo se hubiese vuelto ingrávido. (Vi y supe la historia un tiempo después, cuando Álvaro —a quien siempre le resultó tierna— me llevó a saludar a la mujer.) Era bajita y levemente gorda, o acaso es que el cuerpo —por la edad— había perdido las formas. Probablemente tendría más de sesenta años o en su filo andaba. Iba arreglada con caduco gusto pequeñoburgués y llevaba el pelo corto, rizado, rubio —de un tinte corriente— y la cara muy pintada, aunque sin estridencias y al viejo estilo: con sombra azul en los párpados, una sombra casi añil. En sus caminatas nocturnas, Álvaro la había visto, siempre en la misma esquina, muchas noches, y había sentido una gran nostalgia y ternura hacia ella. ¿Nostalgia?, me sorprendí. Le había parecido que aquella mujer era él mismo, se sintió identificado con ella en otro tiempo o en otra vida. Era una mujer seria que parecía abrumada por su destino, aunque resignada al mismo tiempo, como si en el dolor y la abyección no sólo fuera posible vivir, sino que en ellos se encontrase una suerte de luz negra, al fondo del pasadizo. Era una mujer que vivía —y del sexo— porque ya no le importaba vivir. Hubiera podido ser una tía soltera mía o del propio Álvaro, una buena mujer —con el rostro amargo— caída por lo que la sociedad volvía pendiente. Y no hablo de moral, sino de la propia vida. Pero a Álvaro nunca le pareció un ser cercano, era la encarnación de un mundo injusto, de su propio tormento. Un día (después de verla varias veces) se acercó a hablarle. Le preguntó su nombre y ella estuvo huraña: «Anda, vete de aquí, chaval.» Insistió y concluyó hablando. Se llamaba Carmen. Álvaro le pidió ir con ella y llevarle otro día (era mucho dinero) diez mil pesetas. Le contestó: «Me caes bien, chico. Ven cuando quieras. Pero no me cuentes nada. No me digas por qué, no lo quiero saber...»

Días adelante, tímido, ausente, como si cumpliera un rito, Álvaro se hizo con la cantidad prometida (que ella no había exigido) y le pidió que se fueran juntos. La mujer estaba sin expresión, tranquila, aparentemente apática. Pero le miraba con aquellos ojos pintados y tristes, como si intentara expresar algo detrás de un velo demasiado denso. Le llevó a una habitación, por la calle Hortaleza, en un piso galdosiano, sin ascensor, con escaleras de madera y olor a tufo y brasero antiguo. Tenía un hornillo eléctrico, una cafetera, un viejo sillón de orejas destartalado, un lavabo con la repisa llena de potingues, y sobre la cama de matrimonio —vieja— una colcha de ganchillo con rositas amarillas. Álvaro me dijo: «Todo era tan sórdido, tan triste...» ¿Qué sentido tenía la vida de aquella mujer? ¿Qué podía importarle o sugerirle el mundo? ¿Qué llama mantenía aquella rutina de degradación y resistencia? Ella se situó junto al sillón y se desnudó parcialmente. Álvaro vio la flaccidez de los brazos, la caída de la sotabarba blandecida, la carne de los muslos, en un punto en que la tensión se combinaba con la expansión y la hinchazón no desdecía con el desprendimiento. Estaba dispuesta a cumplir. No preguntaba. Probablemente sólo muy al fondo —imposible afirmarlo— podría decirse qué secreto buscaba aquel chico atractivo, con el pelo largo, nervioso, tenso, evidentemente con problemas... Se tumbaron y Álvaro, al abrazarla, empezó a llorar profundamente, contenidamente, en silencio. No era llanto de compasión por ella, era llanto de sí mismo, en aquella mujer vencida que soportaba con ausente entereza el vencimiento. Le pasaba la mano por el cabello, acariciándole, sin hablar. Se oyó algún sollozo cortado, reprimido. Y en algún momento la voz oscura, largamente cascada de ella: «No te preocupes, chico, no vale la pena...» No le pidió nada, pero él dejó el dinero entre los tarros de crema, en la repisa del lavabo. «Ese olor éramos nosotros —me dijo Álvaro—, éramos nosotros.» Y después recordó una frase de Cioran: «El hecho de que yo exista prueba que el mundo no tiene sentido.» No volvió con ella, pero le gustaba pasar por delante de aquella esquina donde Carmen, mayor, altiva, seria, continuaba imperturbable: la vida tenaz, machacona, la vida por encima del dolor (o la vida absoluta que lo incluye). Ella le dedicaba una sonrisa lejana, dura, de ligera complicidad. La sonrisa (la vi) decía: No vuelvas.

Nos contaba (a María y a mí) que no cesaba el insomnio, y entonces —al fin de la primavera— empezó lo que he llamado *desmoronamiento*. Dormía con somníferos que compraba en el mercado negro nocturno, y se despertaba con cocaína. Siempre —a menudo— habíamos probado la cocaína como entretenimiento. Veíamos en algún bar al viejo *diller* y no sabíamos resistir la tentación —la blanda tentación— de comprar medio gramo, pero no era nada serio. Servía para divertirse, para subir el ánimo, para notar la felicidad, como había dicho alguien. Pero Álvaro empezó a consumir coca de muy distinta manera. Era lo que le sujetaba a la vida, lo que le daba fuerzas, lo que mantenía su instinto. Afirmaba que consumía poco. Pero sin duda la cantidad iría en aumento. Dejó de ir a la Facultad, no se presentó a los exámenes —pese a lo regular del curso— y comenzó a hacer lo que ya en adelante sería su vida. Acostarse sobre las diez de la mañana, levantarse por la tarde —a eso de las cinco— y vagabundear toda la noche, no sólo buscando droga y pastillas, sino gozando de los cafetines cercanos a Malasaña, donde bebía ginebra y escuchaba música. A veces estaba tremendamente animado y hablaba de lo que leía. Otras se sumía en el silencio, y cuando María, cierta noche, intentaba hablar con él, replicó: «Déjame. Sólo hablo con putas y *camellos.*»

Por entonces, y en uno de esos cafetines, conoció a Delfín. Era un chico de unos veinticinco años, alto y agitanado, que trabajaba como guitarrista en un grupo flamenco. Cuando terminaba su trabajo —que le permitía pocos excesos económicos— recorría la noche buscando droga y bebiendo cerveza. Delfín era un joven triste que parecía encontrar su razón de ser en la melancolía. De cuando en cuando se veía con un travestí que se hacía llamar Yuli, y le gustaba la compañía de los chicos de barrio. Sin embargo, otras veces, Delfín era capaz de enredarse en conversaciones literarias. Era apasionado e inconexo lector y escribía unos atinados poemas de amor, directos y extraños, que hablaban del hermafroditismo y de tiernas situaciones eróticas: narrar lentamente el deseo, antes de su consumación (peculiares adjetivos), besar los párpados a la amada que finge dormir, o el esplendor del sexo que recorre el vientre. A Álvaro le gustó un poema que se titulaba *Nadie nota el amor* y se refería a una pareja que paseaba feliz, una tarde invernal, por la calle sórdida de un barrio pobre. Delfín le regaló copias dedicadas de todos aquellos poemas que —decía— no quería publicados. Álvaro se hizo íntimo de Delfín. Probablemente porque eran dos solitarios. Dos seres que, en ese momento, amaban un mundo aparte. Delfín —como muchos artistas flamencos— también era aficionado a la cocaína. Pero tampoco a él parecía subirle, le mantenía solo. Delfín se quedaba en la silla, sumergido en la música del bar, mirando a la gente, con los cigarrillos negros en la mano. De cuando en cuando se iba al lavabo —con cierto andar de pudor— a meterse una rayita. Para él el tiempo transcurría por dentro y lo único que le interesaba de la realidad era el sexo. Yuli le visitaba ocasionalmente. (La travestí morenita con el pelo teñido de cobrizo rojo.) Y buscaba chico o chica, según el momento. Lo importante era el ojeo, la sensación de caza. De hecho de parecido modo empezó su relación con Álvaro. Y luego notaron que ambos buscaban más, que a los dos les gustaba la tristeza. Morir negaba la vida y vivir negaba la muerte. La continua inmersión en la droga permitía mantener ese continuo estado intermedio: medio vivo y a medias muerto, porque la euforia se había mudado en existencia: Delfín tocaba un par de veces por la noche en un *colmao*, luego salía (ya cumplido) y continuaba el vagabundaje con Álvaro. Empezaba la vital procesión de bares, abstracción lúcida y cocaína, que ambos comenzaban a esnifar apenas despiertos. Las copas de ginebra, cerveza o vodka, la charla con trevestís, con chicos que rondaban los tugurios, con gentes nocturnas.

Delfín y Álvaro terminaron juntando el poco dinero que tenían (los padres, preocupados, le restringieron el crédito) y a dejar débitos en los bares en que los conocían. Seres sexuales y oscuros, paseadores de abismo, como si buscasen —nuevamente— en el sufrimiento y el contacto con la abyección una extrema frontera. ¿Atraen las tinieblas del sufrir? Creo que Álvaro descubrió que sí en Sicilia. Thierry le mostró un camino que Delfín vivía con menor teatro, más sosegadamente. Cocaína y vagabundeo, detrás de un telón —no incierto— de literatura. ¿Qué podíamos hacer María y yo? Percibíamos algo, pero con menor nitidez que ahora. Ella seguía intentando que Álvaro la valorase y amara. Por mi parte continuaba viendo con atractivo su camino de riesgo. Intuía que andaba por la cuerda floja, pero miraba su cuerpo ceñido de negro, y me parecía lleno de destellos luminosos. ¿No me atrevía a ser como Álvaro? En cierto modo —debo confesarlo— estaba contento de no atreverme.

Un día Delfín no tuvo dinero —incidentalmente— para pagar al *camello* que le pasaba coca en un barucho de Chueca. Dudó e inició unas excusas: se lo daría esa misma noche. Pero halló una cordial receptividad en el *diller*. Eran amigos, se conocían. La cosa no tenía ninguna importancia. Sin embargo le pedía a cambio un favor. Delfín debía llevar al camarero de otro bar —le dijo el nombre— que estaba muy cerca de Sol, una cierta cantidad de mercancía. Sólo pasársela. Hacerle, sencillamente, el favor. Delfín lo hizo, y el *diller* que era un tipo grandón, pasados los cuarenta años, de barba muy cerrada y oscura, que decían había sido taxista, no le quiso coger el dinero por el gramo que le pidiera antes del trayecto. Fue el comienzo de una historia siniestra. Tanto Delfín como Álvaro no andaban bien de dinero, y como dependían más cada vez de la droga de nieve, comenzaron a hacer *favores* al *diller*, lo que significaba —insensiblemente— entrar en una red (que en verdad nunca conocieron bien) de consumidores de alto vuelo y traficantes de distinta escala. Y lo que aparentemente les pareció tan trivial, tan rutinario (con el solo retintín emocional de la clandestinidad), comenzó a aparecérseles como un vago territorio de arenas pantanosas. Las cantidades de *mercancía* que llevaban (y en ocasiones cobraban) iban creciendo. Los lazos y acciones se complicaban. Muchas veces las cuentas no casaban, eran incautos, faltaba dinero, había gente que les prometía sin cumplir, o más simplemente que falsificaba, trucaba o consumía más de lo que pagaba. Incluso con lo que debían compraban. Promesas, señales, gritos. Había odios, deudas, anhelos de venganza. Gente que se la tenía jurada a éste o aquél. Y en medio de esa tribu de lobos, Delfín comenzó a quedarse con algo de lo que debía pasar. Era práctica común, realizado en pequeña escala. Pero todo fue subiendo de grado. Como la hábil soltura con la que Álvaro —delante de nosotros— trituraba la cocaína para esnifar. Nuestro amigo debió de creer que eso, toda aquella cueva de sombras que movía el dinero, era un orbe de novela pura. Un mundo de intensidad. Pero un día vino a vernos (habíamos quedado a tomar café por la noche) con los nervios sobresaltados, casi temblando. Era muy cerca ya del verano y hacía calor. Delfín se había quedado con una importante cantidad de droga

—para su propio uso, nos dijo— y no tenían con qué pagarla. No, no había sido de una vez, sino en varios días. (Intuimos que alguna otra conexión habría fallado.) Álvaro había empeñado un reloj con brillantes de su madre, que no usaba (aunque se resintió y dolió del robo nunca aclarado, quizá intuido), pero aún no tenían para pagar, porque seguían consumiendo, y probablemente alguien les adeudaba también a ellos. Me enfrenté algo serio (en un papel paternal que me cuadraba poco y nunca había tenido) a un Álvaro descompuesto, desarreglado, con tembleques en las manos. Tenía miedo. «¿No puedes dejar de tomar?», pregunté. Me respondió tajante: «No, no podemos.» (Creo que lo mismo hubiera dicho, no queremos.) Yo también estaba asustado, aunque no lograba entender la amplitud o la contundencia del drama. Algo nos refirió de amenazas. Los proveedores altos, o esos otros a los que pasaba una parte por aviso de los *capos*, habían comenzado a amenazar inconcretamente a Delfín. Le daban cuarenta y ocho horas para buscar todo el dinero, de lo contrario, «iban a por él». Una frase muy similar nos dijo. Aunque al parecer los amenazadores no lucían aires de violencia. María y yo —sin hablarlo— creíamos estar asistiendo a una película de tinte negro. No es que no creyésemos el asunto (siempre le dimos crédito), pero más que la historia y su sabor de fábula, nos inquietó el estado mismo de Álvaro, sus temblores, su excitación, su despiste de la realidad. Parecía fugado, ido, como si sólo viviese en el interior de una novela. Y era así. Quizá no era tan importante su dependencia de la cocaína, pese a tomarla desde que se levantaba. Había probado muchas drogas y había sabido dominarlas. Lo principal —y no lo vimos bien— es que se sentía metido hasta el cuello en una pendencia hampona dura, y nosotros no lo entendíamos. Delfín había pedido un anticipo en el *colmao*, pero no se lo dieron, porque no era la primera vez que andaba en chanchullos monetarios. Extrañamente imposible, el guitarrista había puesto el asunto en manos de Álvaro y éste —tan desconectado de toda practicidad— se hallaba abrumado. ¿Qué podíamos decirle? La banalidad que ensayamos. Que debía abandonar esa trama y el tema de la cocaína, que no viese a Delfín, y que a la postre, nada iba con él. Añadimos que si lo creía necesario debía irse unas semanas de Madrid. Era una obviedad, pero probablemente lo que debió haber hecho. Sin embargo —y no nos dijo por qué— Alvaro se sentía inmerso en el drama. Creo que ni siquiera veía el exterior. Era como si alguien le hubiese ofrecido el papel principal y lo hubiera aceptado con todas las consecuencias. Lo vivía con una fuerza que le convulsionaba. ¿O es que nosotros —debo repetirlo— no percibimos lo siniestra y sórdida que podía ser aquella realidad? No nos dimos cuenta. Pagamos los cafés, volvimos a prodigar buenos consejos a Álvaro (apenas podíamos darle dinero) y nos marchamos. Lo que ocurrió después nos lo contó el propio Delfín.

Parece que se movieron, que intentaron aplacar a los traficantes, pero no consiguieron el dinero. Optaron por presentarse ante ellos (Álvaro con Delfín) y decir que no habían conseguido la *pasta* —sólo una pequeña cantidad—, pero que conseguirían y devolverían el resto. Para ellos era mucho, acaso para los delincuentes no tanto. El trato empezó suave, incluso pareció que iban a perdonarles la jugada. Les dijeron que tenían que conversar nuevamente (pactar otra vez), que no se preocuparan, que —de momento— se largaran de allí. Que ellos los buscarían cuando tuvieran menester. Y se marcharon. Pero Delfín no quería ir a ningún sitio. Temía lo peor. Andaba de bar en bar, de terraza en terraza (eran días de sol) aunque sin calma, sin certeza ni tino. Estaba íntimamente desesperado y le contagió la turbación a Álvaro, que en esos días no volvió a su casa. Pero los padres estaban tan habituados a sus ausencias que tampoco podían alarmarse. No dormía, buscaban a algún compinche que pudiera invitarlos a droga. Y una noche entraron en unos billares, un lugar en semisótano, con máquinas eléctricas, tragaperras y cambalache de estupefacientes varios. No querían nada, entraron —dijo Delfín— por hacer un alto. Y un tipo bajito y de cabeza casi rapada que estaba jugando se acercó al guitarrista (habían mediado, quizá, unas miradas oblicuas, casuales) y le espetó: «Tú eres una mierda. Y lo sabes, una mierda.» Era un tono agresivo, retador, áspero. Y las palabras promovieron pendencia. Le dieron un empujón a Delfín y éste respondió, aunque se temiera algo más gordo. Y así comenzaron los primeros puñetazos (intentaba esquivarlos), voces groseras, bruscas, y un hilillo de sangre que le brotó al agresor del labio. Quizá entonces —por el valor del guitarrista— lo que iba a ser sólo una paliza se creció y el tipo que había insultado (la gente escasa, apartándose, hizo corro) sacó de relámpago una navaja. Delfín se echó a un lado y tuvo miedo, porque observó que al otro el mero escarmiento se le había vuelto ira, afán de rasgarle. La venganza se había vuelto privada. Y nuevamente ocurrió lo inesperado. Cuando el tipo bajito de la cabeza rapada, en una rápida finta, como quien está habituado, se lanzó a clavarle la faca a Delfín (que ya no podía moverse más —lo había intentado— porque estaba contra una vieja pared, asustado, al lado de un billar) al salto gritando del rapado, respondió raudo el salto agilísimo de Álvaro, que se cruzó y recibió, de un golpe seco y rotundo (que no era para él) una tremenda cuchillada en la zona del hígado. Cayó al suelo sangrando abundantemente y, cosa extraña —contaría anonadado Delfín—, llevándose las manos, con angustia, a la boca. Al tiempo que le clavaba la navaja —sorprendido— el rapado exclamó: «¿Qué haces, cabrón, qué me haces?» Luego echó a correr con sus adjuntos hasta que, un par de días después, buscados, se entregaron a la policía. Era muy triste: había sido un descuido fatal —declararon— en medio de un ajuste de cuentas por asunto de drogas. La policía no dio publicidad al caso, aunque para ese instante Álvaro ya había muerto. Duró día y medio. Tenía muy seriamente dañado el hígado. Apenas habló y, aunque el médico pareció tímidamente esperanzado al principio, se mostró cabizbajo en seguida. A Luis Ciges, el padrastro, le comentó: «Es raro, pero yo diría que este chico no lucha.» Como si proclamara que Álvaro se había abandonado a la muerte. Y, además, ¿por qué se interpuso ante el cuchillo? ¿Tan amigo de Delfín era? Nosotros no terminábamos de creerlo. Pero quizá fuese cierto lo del abandono. A Álvaro no le había importado morir, era como si, de repente, en medio de aquella oscuridad de la vida entre la droga, hubiese hallado un puerto. Luis y la madre de Álvaro me dijeron: «¿Por qué no nos habló del problema? Le hubiéramos dado el dinero que necesitase. ¿Por qué no decir nada?» Y aclaró: «En realidad, Carlos, nunca le entendimos.» A mí me costaba trabajo creer que Álvaro se había inmolado voluntariamente para, al fin, cesar. Pero había que pensar en ello. Porque Álvaro fue una fusión de pasión y tristeza, de vitalismo y destrucción (quizá sean lo mismo) y además —lo vimos en el viaje mediterráneo— estaba cansado. Quizá en ocasiones tales baste ese cansancio. Había buscado mucho, intentado arder, pensar la vida como quien va sentado en la cola de un cometa, ardencia pura. ¿No tendría razón para el cansancio? Y sin embargo parecía todo tan temprano, tan prematuro, tan efímero. María y yo quedamos anonadados, inermes, quietos. Nos quedaba tanto con Álvaro. Sentíamos que aún faltaba mucho... Pero nunca ya hubo nada. Encontramos un papel de Álvaro, entre cosas sueltas que tenía escritas. Y decía:

«Golpean desgracia y tiempo. Pero el menesteroso, el pobre, el que íntimamente ya ha caído, trata de mantener compostura y apariencias, trata desesperadamente de parecerse a los demás, no se abandona al desastre. Pero aún golpean más la desgracia y el tiempo (juntos desgracia y tiempo) y hay un instante en que ya no se logra salir de la pobreza, un momento en que la caída es igual al suelo. Se está en el lodo, se convive. Y entonces el perdedor, el pobre, decide asumirse, lo que en verdad equivale a que nada decide, y mal vestido, astroso, rota la norma, se torna a los ojos de todos desesperado y mendigo, arroja a un cubo la dignidad y la vergüenza, y vagabundo, herido, derrotado, nadie, se vuelve desesperado, un grito contra lo establecido, un fuerte, áspero, atufante clamor contra algo, incluso contra la humanidad misma.»

VIII

Álvaro Alba murió el 28 de junio de 1982. Hacía muy poco que había cumplido los veintidós años. Entre sus últimos papeles encontraron (además del libro, en desorden, *No tener una tumba*) anotaciones diversas y una petición escrita con letra temblona: decía —y firmaba— que quería ser incinerado, y que sus amigos —no daba nombres— esparciesen sus cenizas en el cráter del Etna. Luis Ciges se lo comentó a Carlos y a María —supuso que eran los amigos más cercanos— y les contó que le incinerarían al día siguiente. La madre, Elena, también era partidaria. Pero cumplir el último deseo —suponía— traería un cúmulo de dificultades legales. Carlos protestó. No jugaba al valiente ni creía serlo, pero haría ese viaje último con las cenizas de Álvaro. Bastaba meter una caja pequeña en un neceser íntimo, y viajar por tren y barco, para evitar los siempre minuciosos controles aéreos. Llegados a Sicilia ¿quién impediría subir con un bolso, alquilando un coche, al menos hasta las faldas más altas del volcán? Elena protestó de la locura, tal vez Álvaro —advirtió— sólo quería volver a la naturaleza, y entonces daba igual en qué montaña arrojar las cenizas. Pero María y Carlos volvieron a hablar de lo importante de cumplir la última voluntad, por extraña que pudiera parecer, y Luis aceptó pedir o disponer una urna pequeña y permitir el viaje. Estaba seguro —se lo confesó a Carlos— que es lo que Álvaro hubiese hecho.

El día de la cremación (una ceremonia muy íntima) se presentó Alma Quesada. Hacía tiempo que no la veía nadie. Ella estaba huraña, delgada y ausente, pero venía con otra chica joven, entrada en carnes, que andaba —pese a su cómplice seriedad— como si hubiera bebido mucho. Carlos reconoció a Irene, una muchacha absurda y casi siempre ebria que, incapaz de enfrentarse con el mundo, y acaso sin desear hacerlo, simplemente deambulaba por los bares con amigos y bebía ginebra o whisky hasta caer rendida. Decían que había sido una estudiante muy buena y le gustaba hacer bromas sobre el sexo masculino, pero lo que quería era beber y olvidar, llanamente, olvidarse del mundo. Carlos sabía que Álvaro había formado parte, alguna vez, del entorno de Irene. Simpatizaba con ella y se sentía atraído, incluso cómplice —menos pasivo— de su nihilismo. Porque, si se pensaba, pedir ser enterrado en el Etna no significaba tranquilidad ni aquiescencia. Parecía una manera de continuo rugir. ¿O era mero romanticismo querer perdurar —si algo perdura— entre las brasas del coloso? ¿No era el volcán lo contrario de la autodestrucción de Irene? ¿O la montaña también, entre el fulgor y el fuego, se autoinmola?

Irene debía de pensar —debe de pensar— que la vida es simplemente seguir, arrastrarse, dejar que lluevan los días, hasta que el tiempo, siempre engullidor, se encarga de ti mismo. Pero Álvaro había deseado otras intensidades, aunque conociendo que la llama abrasa. Bien que lo que a ambos los trajinaba (se podía pensar) era la nada, la irresistible fascinación de la nada. ¿No hablaba Miguel de Molinos de «fábrica de la aniquilación y oficina de la nada»? Porque mucho se predica del apetito de ser, pero se suele ocultar la pasión de cesar. (A veces, acción, mejor que pasión mística.) Quizá lo que llamó Freud la «pulsión de muerte». Y ¿por qué no tendríamos apetito de morir, si el poeta dijo que es descanso, remanso en el agua encrespada? Adaptarse a la vida es casarse con la mediocridad y con la menesterosidad aún. Todos lo hacemos. Casi nos amoldamos, pero hay gente —no es fácil reconocerlo— a quien la adaptación, el plegarse a la realidad, le resulta imposible. Y todo se le vuelve sufrimiento y roce. Seres espinosos, plenos de temblor, lunáticos, evidentemente absurdos si lo real se mide con la realidad visible. Me parece evidente que Álvaro pertenecía a ese tipo humano. El de los imposibles a la vida. Pero no quería abandonarse —como Irene—: se inquietaba, balbucía, intentaba hablar, tenía prisa por pasar la cesura, por llegar, no importa dónde, a donde fuera. Ansia, temblor. ¿Se podría hablar de *normalidad*? ¿O la norma es el aquiescente pedaleo, sentirse como todos, respirador de la vida, inocente a su aire? Alguna vez —en noches locas, en madrugadas de calle larga— Carlos pensó que a

Álvaro le faltaba algo. Como animal marino fuera de su elemento, como si no pudiese respirar bien, o lo hiciera difícil, raspando. María Basturiz dijo que complicaba el amor, que lo volvía inútil. Y su padrastro habló a menudo de inadaptación. ¿A los hechos, a la vida, o son en verdad lo mismo? Quien no se siente terminado en el vivir, redondo, boquea, da estertores, pues no logra habituarse a lo que para todos es puro estar natural. Álvaro fue espinescente en la vida, se iba sintiendo mal a medida que crecía —vivía— y avanzaba, y por eso tuvo muy fuerte y muy pronto la pulsión de cesar y reposar. Pero insisto, tampoco quiso dejarse en la vía pasiva —incluso cuando más lo semejó. Anheló abreviar los días, que la intensidad de la luz abrasase el punto, que el instante se convirtiese en fuego. La diferencia con Irene es que ella era ceniza ya, sin haber ardido. Álvaro se sintió atraído por la chica porque vio también las espinas que le brotaba el mundo, pero no aceptó su dejarse ir oscuro. La prueba es la navaja final. Su apetito por salirle al encuentro.

Álvaro tenía esta frase copiada en un cuaderno: «Y que en ese paraíso yo muriese de luz.» Probablemente no era suya. Es, por supuesto, tremendamente reveladora. Soñaba el paraíso —y todos buscamos uno— como consunción. Quemarse, arder, iluminarse y que ese fuego se transformase en nada. Haber sentido hasta el paroxismo y acabarse en la acción, no cerrar puertas. Álvaro veía la vida —su sentido— como la búsqueda afanosa de una plenitud. Pero ¿cómo estar siempre arriba? ¿Existe encimamiento tal en una realidad que, a menudo, es roma y tiende a ser sórdida, o cuando menos, anodina? Querer reposar en el Etna —insisto— ¿no iba por el mismo camino abrasado?

Las cenizas (por indicación de la familia) se recogieron en una urna metálica, no demasiado grande. Cuando, pocos días más tarde, Luis y Elena —ella tremendamente emocionada, sin poder contener las lágrimas— entregaron el cofre a Carlos y a María Basturiz (todos estaban serios, circunspectos, impresionados), la chica dijo: «Es curioso, parece la antigua caja de hilos que le conocí a mi abuela.» Y la sujetaron y guardaron con sensación de reverencia y tesoro. Tenían ya los pasajes en ese momento. En tren a Barcelona, y de allí en un carguero a Palermo, luego —en la isla— nuevamente en tren, y un taxi que los subiese, arriba, a las laderas sagradas del monte. La caja iría cobijada entre ropas, en una bolsa que llevarían siempre, uno u otro, en la mano. En el trayecto previsto —y llevando maletas aparte— era fácil suponer que las aduanas serían bondadosas. Si les descubrían dirían la verdad. Y entonces arrojarían las cenizas de Álvaro al mar, pero querían y debían intentarlo. Sería el último viaje con el amigo —con algo de su existencia real—, un chico, recordó su madre, al que siempre le habían atraído los volcanes. Una persona llena siempre también —añadió— de presentimientos de muerte. Carlos y María no estuvieron de acuerdo. Álvaro tenía apetito de vivir. Es más, se le podría haber llamado vitalista. Quizá su propia vitalidad es lo que le habría ardido. Puesto que la vitalidad, sentida así, es incandescencia. Es cierto que querían defenderle. Y a Carlos se le pasó por la cabeza un verso de Nerval (de *Las Quimeras*) que en lejanas tardes había comentado con Álvaro: «*Tu demandes pourquoi j'ai tant de rage au coeur.*» ¿Por qué tengo tanta rabia en el pecho? Era la misma rabia de Álvaro. La que le llevaba al amor, a la pasión erótica, a los días envenenados sin aparente por qué. Aquellas noches de Malasaña (deambulando, bebiendo) en que Álvaro protestaba de todo, se quejaba, criticaba a su alrededor y parecía dispuesto a pegarse, aunque era pacífico. O le asaltaba una risa rara, entrecortada, que no tenía razón ni sentido favorables. O quizá lo que decía su madre era otra cosa —pensó Carlos—, aunque no lo explicase bien. Es verdad que al fondo del apetito de vida descansa la muerte. Y así, quien ama desesperadamente vivir está tocado por una raya de sombra. Quizá entonces la conciencia de la muerte —pero no del morir— vuelve imposible la vida. Como si dijéramos que tanto toparse con imperfección, duda, envidia, carencia, dolor, angustia o lo que surge de esa conciencia temblorosa, hace insoportable el vivir mismo. Tal vez eso quisiese decir Elena. Daba la sensación (en medio del abatimiento) que ella esperaba la tragedia del hijo. No lo había podido sujetar. Y acaso era mejor así.

¡Qué poco hablaron Carlos y María en el viaje hacia el Etna! Se diría que se movían apenas. Y guardaban la bolsa amorosamente, delicadamente, dando a entender (o eso querían, al menos) que aquello que siempre mantenían a su lado era rutina y no tenía la menor importancia. Nadie les preguntó y no ocurrió nada, pero ellos habían estado siempre pendientes, con un polvillo de angustia sombreándoles la faz, inquietos, con malos presentimientos que no llegaron. Una noche en el barco —una estrellada noche del centro del verano, en cubierta— María le preguntó a Carlos: «¿Tú crees que Álvaro fue feliz?» Él se echó a reír, y ella pensó que era una pregunta tonta. Ha sido feliz infelizmente —respondió— o algo por el estilo. Como tú y yo, quizá. Pero más valiente. Y se pusieron a recordar otra noche —muy fumados de hachís— en que Álvaro empezó a hablar de la vida fronteriza. Vivir en una constante sensación de peligro, pero también de felicidad y cambio. Como los vaqueros y los corsarios, o ciertos delincuentes menores que no daban importancia a sus pequeñas fechorías, sino que amaban el riesgo, la zozobra, los sobresaltos del corazón como una afirmación de la vida. Ser algo que te permitiera no ser nada. Sí, como un pirata antiguo, sin patria, sin dogma ni ley, ardiendo en el color de unas banderas sin solar. ¡Qué hermoso vivir sin tregua, vivir en apuros, con el agua al cuello! Pero también alerta, alzado, comido de plenitud, siempre como si se tratase de un día único. Muerto cotidianamente el pasado (porque no se puede vivir si el pasado lastra) y sin ninguna premonición de futuro. Ardiendo, libre, extraño. Álvaro quiso vivir así y, de algún modo, la construcción se le vino encima. Luis Ciges lo había dicho en la carta a Carlos: «Su madre siempre comenta que fue un inadaptado. Yo pienso, además, que era un idealista, aunque, eso sí, arrebatado. Ansiaba nadar en el agua de la piscina, pero, cuando iba a entrar, pensaba que esa agua estaba demasiado caliente o demasiado fría, y se desesperaba. No podía soportar la imperfección (a su sentir) de la realidad. Y en su angustia, gesticulaba para que le amasen, para que le cubriesen lejanamente de mimo. Álvaro adoraba los mimos y al tiempo le daba mucho miedo ser amado. ¿Y si te digo que Álvaro era, sobre todo, un cúmulo, un acerico de miedos?»

Carlos sí sabía del miedo de Álvaro. Que no era tanto miedo a los hechos consumados (hubiera sido un cobarde, y no lo fue) cuanto miedo general. Miedo a las miradas, a los gestos, a las intenciones presumidas que no se dicen. Quizá el miedo a la vida. Aquella vez, por ejemplo, en un bar pequeño al que no solían ir. Más allá, en la barra, había un chico con una *chupa* negra y el pelo cortado a rayas, con una cresta delante. No tenía aire especialmente duro o *heavy*, simplemente —si acaso— un leve ensalmo burlón. Estaba tomando, solo, una cerveza, y de cuando en cuando miraba alrededor. En uno de esos giros —que tenían mucho de distraídos— fue a poner los ojos en Carlos y en Álvaro. Diríamos que pasó por encima, someramente. Y luego se detuvo con mayor precisión en Álvaro, como si creyera conocerle. Como si le hubiese visto otra vez. Carlos no dio importancia al asunto (era imposible dársela), pero Álvaro comenzó a decir: «Ese tío me odia. Estoy seguro que está buscando bronca. Y lleva arma. Vámonos, Carlos, vámonos antes de que decida perseguirme. Yo sé que me las quiere mal...» Y Carlos recordaba una cadena, momentáneamente imparable, de sentimientos amedrentados y faltos de lógica. Una cadena psicótica, que crecía eslabón tras eslabón. Miró la angustia de Álvaro y decidieron irse. En la puerta comprobó cómo le temblaban las manos, mientras en los ojos se le ponía un brillo de fiebre. El de la cazadora negra, atento a su cerveza, quizá ni se percató que se marchaban.

Pero Carlos no sabía que Luis y Elena, varias veces, habían pensado llevar a Álvaro a un psiquiatra. Los preocupó su inestabilidad, su autotortura, su continua sensación de un vacío que era imposible colmar. Primero —cuando se lo propusieron, una noche tranquila, después de cenar— Álvaro se echo a reír. Les tildó de aburguesados y cosas del estilo. Pero otro día habló de psicoanálisis. Le tentaba esa experiencia. Aunque le impresionó lo que le dijera un psiquiatra con el que, simplemente, cambió al azar, una vez, puntos de vista: «No, al psicoanálisis no se llega buscando una experiencia. Se llega por el dolor.»

«¿Conoces la montaña con su senda de nubes?» Era aquel Goethe que hablaba de la tierra en que florecen los limoneros. Y el Etna los miraba cubierto de nubes y de gases. Les dijeron que era imposible llegar al cráter (como se supone que había llegado, ebrio de totalidad, Empédocles), que el taxi los dejaría, carretera arriba, en una zona custodiada por la policía y a partir de la cual —verían los vertidos de lava— ya era imposible seguir. Hacía mucho calor, quizá por la estación, quizá por el paraguas de vaho que generaba el volcán. Pensaron dejar el taxi antes de la barrera policial y entonces —bolsa en mano— caminar un poco, al borde de la carretera, perderse lentamente, como turistas que contemplan el paisaje, y ahí —estaban seguros de emocionarse al hacerlo— desparramar al viento las cenizas. Quizá iban a notar entonces que la vida es dolor. Temblor de la mente, angustia de la separación, inquietud hacia lo venidero. ¿Cuánto habría sufrido Álvaro? Y suponiendo que hubiese conocido el horror (era muy probable), ahora ¿de qué le servía? «*¡Es más santa a mis ojos la santa del abismo!*» Otra vez Nerval. Quizá el dolor servía para eso, para conocer. Y Álvaro habría sido un santo del abismo. Un testimonio de la fuerza y la locura, inconsistencia acaso de la vida. Recordarle inútil para vivir, ansioso de vida, como si todo fuera y no existiera el vacío, pero al tiempo pregonando: «No hay nada, no hay nada. La noche es eterna...» María sintió que le escocían los ojos, cuando —sin sacarla de la bolsa— abrieron la urna metálica y lentamente, como quien nada hace, como niños jugueteando en una playa, empezaron a dejar caer la ceniza (densa y fina, un polvo muy blando) aprovechando los instantes en que el aire al soplar parecía más fuerte, más vivo, con mayor sentido. Notaban agarrar la vida al agarrar las cenizas, y estrujar los recuerdos al cerrar el puño que no cerraban del todo. ¿No parecía el pelo negro y largo de Álvaro, acariciado y huyendo? Y al ritmo del aire, entre las peñas de lava, líquenes verdosos que recubrían las piedras más viejas, y los matojos que crecían (abajo se veían vides) entre los intersticios montuosos, fueron dejando caer, mansamente, con cierta voluptuosidad, las cenizas que fueron Álvaro, su amigo. No pensaron ni en poema ni en música (aunque hubiese sido una toma especialmente apta para un realizador melancólico), pensaron en la inutilidad y el vacío, pero también en la extraña plenitud que los recubre. Pensaron: ¿Adónde va la nave? ¿Qué raro pájaro canta en nuestro interior? ¿Hacia qué sendas volamos desordenadamente en un universo oscuro? ¿Quién compensa o sacia o premia? ¿O quizá nuestro futuro es una piedra muerta, una luna enigmática bella, ínfima partícula —aquí o más lejos— flotando en un océano fosco, negro, dotado de sentido y sinsentido? Y ante tanta turbación, cómo no decirse (Álvaro indudablemente lo sintió) ¿es lícito vivir? ¿O pese a tanta segura belleza lo que de veras importa es salir de la vida, escapar de este ruido? ¿Quién no ha sentido la atracción del mundo? Pero la perfección —quizá— está en la inexistencia. Vivir es una turbación, una excrecencia inexplicable, y el puro, el pulquérrimo, quien no soporta lo agresivo de la imperfección, declara: «No hay que vivir, perfección es ausencia. O no, porque árboles, ríos, cuerpos que acarician...»

Y se sentían temblar, descendiendo el monte, ya sin Álvaro, el atardecer flameando entre las nubes tupidas y amarillas. Al fondo el mar. Temblaban como él, y pensaron —sin pensar— en lo que Cioran había dicho: «Todo aquel que repruebe los estados caóticos no es un creador; quien desprecie los estados enfermizos no tiene derecho a hablar del espíritu.»

NOTA FINAL

COMO OTRAS VECES, tuve la primera idea de esta novela tiempo atrás. Y una tarde de 1984 —me parece— bosquejé un esbozo, un índice que aún me ha servido. Luego pensé en una novela romántica del tiempo presente, imaginando un homenaje a Novalis y a su *Enrique de Ofterdingen*. *Fuera del mundo* viene, además, de un poema en prosa de Baudelaire. Nunca he dejado de ser un escritor del simbolismo. Comencé fácticamente la novela a fines de febrero de 1990. Y la acabé el 1 de noviembre de 1991. Como es lógico, está dedicada a Álvaro, recordando un *tiempo alegre por mi mal perdido*. Te lo agradezco mucho.

L. A. DE V.

Impreso en Talleres Gráficos
DUPLEX, S. A.
Ciudad de Asunción, 26-D
08030 Barcelona